Dietmar Gnedt

Durchreisende

Impressum

www.karinaverlag.at
Text: Dietmar Gnedt
Textüberarbeitung, Layout: Bruno Moebius
Covergestaltung: Karina Pfolz
Verlag: Karina-Verlag, Wien
ISBN: 978-3-98551-353-6

Dietmar Gnedt

Durchreisende

Gewidmet den Menschen, die mir ihre Fluchtgeschichte erzählten
und deren Namen ich zu ihrem Schutz nicht nennen will.

Inhalt

Letzte Nacht

Wien, 29. Jänner 2017, 16:30h

»Herr Direktor, ich muss Sie leider nach Dienstschluss stören, aber diese Information lässt keine andere Handlungsweise zu.«

»Ich höre?«

»Wir haben konkrete Hinweise auf einen bevorstehenden großen Terroranschlag in unserem Staatsgebiet.«

»Woher stammt der Hinweis?«

»Unsere amerikanischen Freunde.«

»Was wissen wir?«

»Eine in Pakistan von Experten der Al-Quaida gebaute Kofferbombe ist unterwegs nach Österreich. Leider haben die Amerikaner in Belgrad die Spur des Kofferträgers verloren …«

»Setzen sie unsere Leute in Belgrad darauf an. Wie viel Zeit ist seit dem Kontaktverlust vergangen?«

»Ein Tag!«

»Die Sache eilt. Belgrad – Wien, das ist in einem Tag machbar. Oberste Priorität vor allen anderen Themen!

Bedanken Sie sich bei den Kollegen in Amerika und bitten Sie um weitere Unterstützung. Ich bin in zwanzig Minuten da. Aktivieren Sie das Team.«

Belgrad, 29. Jänner 2017, 17:00h
Hamza

»Kämpfe nun um Gottes willen. Sure 4, Vers 84. Erschlagt die Götzendiener, wo ihr sie findet, und packt sie und belagert sie und lauert ihnen in jedem Hinterhalt auf. Sure 9, Vers 5.«

Mein Bruder hatte Antworten auf alle Fragen. Als ich ihn fragte, warum er vor laufender Kamera zwei Menschen in den Kopf geschossen hatte – ich fragte, Mutter weinte – sagte er: »Siehst du nicht, wie unsere Mutter, deine Brüder und Schwestern leben? Das Erbe deines Vaters muss weitergetragen werden.«

Dann zerfetzte eine Drohne den Pick-up, in dem er saß.

»Trage den Tod hinein in ihre Städte. Dort, wo sie am verwundbarsten sind«. Ich hörte dies von meinen Lehrern in Pakistan und ließ eine Bombe in meinem Koffer verstecken.

Dunkle Wellen, das seeuntaugliche Boot, in dem sich die Leiber fremder Menschen aneinanderdrängten. Ein kleiner Junge, an mich geklammert, weil er niemanden sonst hatte, an den er sich hätte klammern können. Und ich kam mir vor wie er, nur ein Leben lang schon. Schwärze hinter uns, Schwärze vor uns. Alle waren auf diesem Boot, weil sie ihre Welt haben sterben sehen. Ich sank auf den Strand nieder, und der Junge klammerte sich an mein Bein, bis ihn jemand von mir fortzog. Ich habe ihn nie wiedergesehen.

Ich trug den Koffer weiter. Weiter und weiter. Am wenigsten fürchtete ich mich vor dem eigenen Tod. Die Bilder von zerfetzten Leibern fürchte ich. Mein Leib muss als erster in Stücke fliegen, dafür sorge ich.

Die Flughäfen und Bahnhöfe überwachen sie, die Busbahnhöfe nicht. Ein Ticket, Belgrad – Wien für den 8:00-Uhr-Bus, Gate 35 erwarb ich nachmittags in der Stadt. Niemand fragte, wer das Ticket kauft und warum. Der morgige Tag ist der letzte meines Erdenlebens. Ich werde in die ğanna, den Garten des Paradieses eingehen. Die Ungläubigen wirft Allah in die ğahannam, das glühende Feuer.

Morgen geht die Meldung über das Netz. Sie werden meine Videobotschaft finden. Die Welt wird erfahren, dass Hamza im Gedenken an den Tod seines Bruders Jamal, den Willen Allahs ausführte. Ein Werkzeug Gottes Strafe an den Ungläubigen.

Belgrad, 29. Jänner 2017, 18:00h
Janis

Man hat ihr versprochen, die gefälschten Papiere hierher zu bringen. Sie sitzt in einem ihrer Lieblingslokale, »Le Petit Bar«, zu finden in der Kralja Milena, nahe des »Yugoslav Drama Theatre«. Morgen wird sie mit Farid den 8:00-Uhr-Bus, Gate 35 nach Wien besteigen, ihn damit aus seinem hoffnungslosen Zustand befreien. Dass sie sich damit selbst in Gefahr bringt und alles aufs Spiel setzt, was ihr in den letzten Monaten wichtig geworden ist, hat sie lange genug bedacht, oder? Manchmal muss man bereit sein, das Spielgeld aus der Hand zu legen und mit echten Münzen weitermachen, will man gewinnen. Und der mögliche Gewinn scheint ihr überwältigend nach Jahren des Verlustes.

Sie hat die Tasse schon geleert, will einen zweiten Espresso bestellen, da drücken sie die ersten Klänge des Songs zurück in ihren Sitz. Unverwechselbar Janis Joplin. Verwandelte man die Emotionen all jener Momente, in denen sie diesen Song gehört hatte, in Farben und schüttete diese zusammen, entstünde eine schwarz-rote Brühe, gestocktem Blut – Herzblut – ähnlich.

Jetzt aber steigt eine hellrot gefärbte Gefühlswelle in ihr auf. – Immer noch! Immer noch Alexandros! –

»Jannis ist in Griechenland der Vorname eines Mannes. Hat Ihr Vater sich einen Jungen gewünscht?« Mit diesen ersten Worten wandte Alexandros sich an sie, und das ist nun fast zehn Jahre her. Bei einer Fortbildung für Flüchtlingshelfer, als noch niemand in Europa über dieses Thema sprach, saß der schöne Grieche plötzlich neben ihr und sah sie mit seinen betörenden Augen an. Sie hat gelacht, sich aber von den Augen des Mannes aus der Fassung bringen lassen und geantwortet: »Mein Vater war wohl bei der Namensfindung etwas bekifft und hat sich als echter Achtundsechziger von Janis Joplin inspirieren lassen.«

»Cry Baby« spielt man im »Le Petit«, und Janis bleibt in ihrem Sessel sitzen.

Alexandros hielt nichts von Joplin und präsentierte ihr wenige Tage später seine Bearbeitung des Titels auf der Bouzouki. Es klang nach kretischer Gebirgswelt und ägäischen Meereswellen. Janis hat das mehr beeindruckt als Alexandros' schöne Augen.

– Jemand, der deinen Song mit seiner Klangwelt färbt… nein, nicht irgendjemand, Alexandros galt damals als einer der bedeutendsten Musiker und großartigsten Komponisten der Gegenwart seines Landes. –

Janis bestellt die zweite Tasse Espresso.

Auf Joplin folgt Santana. Sie aber kann sich noch nicht von den Erinnerungen lösen.

Österreichische Männer fand sie nie schön. Interessant, klug, liebenswürdig vielleicht. Aber schön? Was kann schön sein an einem Mann? Und dann dieser Grieche, der die gleichen Interessen wie sie konsequent zu verfolgen schien. – Darum sitzt er jetzt neben mir, weil ihm Flüchtlingshilfe ein Anliegen ist, – dachte sie. Was sie heute darüber denkt? Herzblutrot wird schwarz. Janis lächelt bitter: – Gestocktes Blut. –

»Cry Baby!«

Alexandros tat, was Alexandros immer tut, wenn ihn eine Frau interessiert. Das weiß sie heute, nach neun gemeinsamen Jahren.

Verrückt, dass sie so lange Zeit benötigte, um das zu begreifen. Alexandros wich ihr nicht mehr von der Seite. So lange, bis er den erfolgversprechenden Moment witterte. Und dann: Abschuss! Nicht, dass sie all das übersehen hätte. Keineswegs. Sie erlaubte ihm wohlig erregt den Abschuss. Eine Zeit lang hat sie es auch nicht bereut.

In einem Schluck leert sie die Tasse, versucht sich von den tristen Gedanken abzulenken. Vergangenes, von dem sie überzeugt war, es abgestreift zu haben. Sie blickt hinaus auf die belebte winterliche Straße. Muss sie fürchten, dass Farid in ihr dieses selbstzerstörerische Liebesmuster erneut erweckt? Sie wird ihn morgen illegal über die Grenze bringen. – Nein, nein! Das eine ist mit dem anderen nicht vergleichbar! – Alle noch vorhandenen Widerstandskräfte werden mobilisiert. – Man darf der von Alexandros ausgelösten Enttäuschung nicht erlauben, jede Zukunftshoffnung zu zerschlagen. –

Janis' Blick kreist über das Treiben in der Kralja Milena. Inzwischen hat sie sich an die Stadt gewöhnt, an ihre ruppige und doch so liebenswerte Art. Mehr als vierzehn Tage ist sie nun schon wieder da. Die Eindrücke von den Gestrandeten, die trotz Kälte in unbeheizten Lagerhallen ausharren, haben sie neuerlich hergezogen. Außerdem wusste sie nicht, was sie sonst mit ihrem Leben anfangen sollte. Die NGO »No way« suchte Leute, die freiwillig und natürlich unbezahlt die notdürftige Versorgung der Gestrandeten übernahmen. Was »No way« an Spenden einsammelt, landet bei den Verantwortlichen vor Ort. Damit werden Kleidung, Hygieneartikel und die Zutaten für einfache warme Speisen gekauft. Die Mahlzeiten bereiten Freiwillige in einer stillgelegten Großküche zu. Man verteilt abends Konserven und steht für die Anliegen der Ärmsten bereit: Gesundheitsprobleme, Obdachlosigkeit, Behördenwege …

Warum Janis das tut? Sie fragt sich das wieder und wieder, auch jetzt, wo sie durch die schmutzigen Scheiben des Lokals den schmutzigen Schnee in den Straßen betrachtet. Ihr Beitrag wird die Welt nicht retten. Er wird sie nicht einmal ändern. Genau betrachtet ist sie selbst die Ursache. Sie hat ihr bisheriges Leben nicht mehr ausgehalten. Etwas musste anders werden. Zurück in Österreich, nach zehn Jahren Griechenland, wäre sie nicht mehr vom Fleck gekommen. Hier, bei dieser Arbeit in Belgrad, hat sie zumindest den Eindruck, ihr Leben bestünde nicht nur aus einem Mix von Belanglosem und Tragödie.

Sie war schon im Sommer einige Tage hier. Der große Ansturm nach Mitteleuropa war offiziell zum Stillstand gekommen, nachdem man im März davor die Sperre der Balkanroute verkündet hatte. In Wahrheit staute sich der Strom des Elends an den Hotspots entlang der Route. So auch in der serbischen Hauptstadt.

Als Janis dem Elend erstmals in dem kleinen Park neben dem Busbahnhof gegenüberstand, sah sie Bilder wie aus einer anderen Zeit, einem anderen Kontinent. Man gewöhnt sich schnell an diese abstruse Welt. Fünf Tage später auf dem Heimweg stellte sie fest, dass die Empörung nur noch in ihrem Kopf saß, nicht mehr im Herzen.

Zu Hause schrieb sie ein halbes Jahr an einem weiteren Roman, verbrannte ihn innerhalb weniger Minuten im gusseisernen Herd des Wohnzimmers. Nein, sie bereut das nicht. – Schreibend kannst du auch dich selbst nicht retten. –

Es ließ sich nicht aushalten in ihrer Welt, dieser satten, überfressenen Welt. Ja, es musste anders werden. Wahrscheinlich hat sie es nur um ihrer selbst willen getan. Da ist sie wieder, die Trostlosigkeit des kleinen Parks am Rande des Busbahnhofs, die Eiseskälte des balkanischen Winters – diesmal fegte der eisige Košava durch die Straßen Belgrads.

Und doch fühlte sie sich gut, wenn sie trockenes Brot und eiskalte Konservendosen in schmutzige Hände legte. Meist sah sie nicht auf die entgegengestreckten Hände. Sie sah in die Gesichter. Es war, als könnte sie dort finden, was sie suchte: Lossprechung! Unverfälschte Lebendigkeit sah sie in den Gesichtern. Es gab etwas, wofür es sich lohnte, am Leben zu bleiben. Etwas, wofür man bereit war, alles zu geben.

Was aber wird geschehen, wenn die Menschen ihr begehrtes Ziel erreichen? Janis war überzeugt, Mitteleuropa könne die Hoffnungen nicht erfüllen. Trotzdem faszinierte sie die Unbeugsamkeit, die die Hoffnung am Leben erhielt.

– Was diese Menschen erdulden, würde ich nicht aushalten. – sagte die ängstliche Stimme. – Nein! Nein! –, mischte sich die rebellische Stimme ein. – Ist deren Geschichte nicht der deinen überaus ähnlich? Verlorene Heimat, das kennst du doch gut. –

Das stimmte.

Der schäbige Kleintransporter stand da. Janis' Kollegen hatten längst mit der Arbeit begonnen. Sie reihte sich ein, eröffnete eine neue Schlange für die Wartenden. Manche der Gesichter erkannte sie inzwischen. Vor allem die jener, mit denen sie gesprochen hatte. Wie meist verlief die Verteilung ohne Komplikationen. Janis suchte das Ende der Warteschlange ab, ihr Blick blieb hängen. Ein junges Gesicht. Älter als dreißig Jahre konnte derjenige nicht sein, dem dieses schöne Gesicht gehörte. Wäre da nicht das lange, glatte Haar, das dieses Gesicht umrahmte. Grau, fast vollständig grau. So, als gehörte es zu einem Fünfzigjährigen. Am Vortag war Janis dieser augenscheinliche Widerspruch erstmals aufgefallen.

Als der Mann vor ihr stand, traf sein Blick auf den ihren. Offene, schwarze Augen in einem jungen Gesicht. Janis legte die Konserven in die Hände des Mannes: »Do you need something more?«

»Danke!«

»Sie sprechen Deutsch?«

»Ich lerne. Gestern habe ich gehört, Sie kommen aus Österreich?«

»So, so, das haben Sie gehört? Wo wohnen Sie?« Der Mann spricht in einem Gemisch aus Englisch und Deutsch weiter: »In einer der Lagerhallen, hinter dem Bahnhof. Aber die Polizei will uns vertreiben.«

»Es gibt offizielle eingerichtete Flüchtlingscamps.«

»Wenn wir dort hingehen, werden sie uns abschieben.«

»Diejenigen, die keinen gesetzlich anzuerkennenden Grund vorweisen können, als Kriegsflüchtling zu gelten, werden zurückgeschoben. Woher kommen Sie?«

»Aus dem Iran.«
»Und warum sind Sie hier?«
»Ich bin meiner Verhaftung knapp entkommen, sonst wäre ich nicht mehr am Leben.«
»Im Iran gibt es keinen Krieg.«
»Keinen Krieg gegen einen Feind von außen. Die inneren Gegner werden heftig bekämpft.«
»Haben Sie sich in Serbien als Flüchtling registrieren lassen?«
»Ich werde es in Österreich tun.«
»Wir können jetzt nicht weitersprechen. Die anderen warten. Wenn Sie wollen, kommen Sie morgen mittags eine Stunde früher, dann haben wir Zeit zu reden.«
»Ich werde da sein!«

Das sind Janis' Erinnerungen an ihr erstes Gespräch mit Farid. Vierzehn Tage ist das her. Reichen vierzehn Tage, um jemanden so gut zu kennen, dass man bereit ist, für ihn alles zu riskieren?

Sie lächelt. – Zumindest ist es die doppelte Anzahl an Tagen, die Alexandros benötigte, um jeglichen Widerstand in ihr zu beseitigen. –

Alexandros!

»Warum bist du heimatlos?« Sie hört die rauchige Bassstimme hinter ihrem Rücken. Alexandros' Stimme, unverkennbar.

»Wie kommst du darauf, dass ich heimatlos bin?«, antwortet sie, dreht den Kopf und sieht ihn an. Er legt seine Hand auf ihre Schulter. Vielleicht vermag ein weibliches Wesen von einem anderen Stern sich der Präsenz dieses Mannes zu entziehen, Janis verfällt ihr, noch bevor er sie berührt – und setzt alles daran, das nicht zu zeigen.

»Eine Frau wie du sollte längst geheiratet haben, Kinder großgezogen oder ein Buch geschrieben haben. Stattdessen sitzt du hier und beschäftigst dich mit dem Elend der Welt. Und du bist dir nicht einmal sicher, ob du nicht Teil dessen bist, was du bekämpfen willst.«

Eine Nacht lang erzählt Janis Alexandros, warum er sich irrt, und beweist damit, dass er den wunden Punkt in ihr getroffen hat.

Das Studium zur Magistra, erzählt sie, Lehramt Deutsch, Geschichte, absolvierte sie noch hoffnungsfroh, weil sie sich auf dem Weg zum richtigen Ziel wähnte. Was für ein Irrtum! Im Gymnasium der Kleinstadt erwartete sie ein unfähiger Direktor, der der Jungkollegin so viele Steine in den Weg legte, wie er finden konnte. Eine Kollegenschaft, die den Werten der Aufklärung mit Häme und Spott begegnete. Junglehrer, die lieber kuschten, um nicht selbst ins Messer zu laufen. Altkollegen, die sich wie steinerne Standbilder zum »wohlverdienten« Ruhestand hintragen ließen. Und Karl Hirschler, Professor für Latein, der sich immer noch als unwiderstehlich sah und »lohnenden«, neuen Kolleginnen gerne unter den Rock griff. Was er bei Janis im Kabinett der Geschichtsutensilien auf plumpe Weise arrangierte. Plötzlich stand er da, versperrte die Türe, steckte den Schlüssel in seine Hosentasche und lächelte. Er lächelte nur so lange, bis Janis ihm eine so kräftige Ohrfeige verpasste, dass seine Brille flog. Verblüfft sammelte er die Teile der Sehhilfe zusammen und zischte: »Das wird Ihnen noch leidtun!« Fast fluchtartig verließ er den Ort seiner Niederlage.

Warum erzählt sie das Alexandros in jener Nacht? Ihr Erzählfluss lässt sich in jener Nacht nicht stoppen. Weil sie Retsina getrunken hat? Weil sie der hypnotischen Schönheit seiner Augen erlegen ist?

Nur nicht aufhören zu erzählen, nur nicht seine Aufmerksamkeit verlieren.

Janis blieb nichts anderes übrig, als die kaputte Brille Hirschlers zu bezahlen, denn der Direktor bestand darauf, ihre »na sagen wir Ungeschicklichkeit« voll und ganz gut zu machen. »Noch dazu, wo es einen der angesehensten Männer des Hauses, Professor Hirschler, betrifft, der ja nobel auf die Wiedergutmachung verzichtet hätte und eine Kaffeeeinladung durch die Frau Kollegin als ausreichende Sühne verstanden hätte, was sie, werte Frau Kollegin, wenn sie mich fragen, auf alle Fälle zusätzlich einrichten sollten.«

Janis erzählt in jener Nacht dem Griechen alles, all das, was sie ihrer Heimat den Rücken kehren ließ:

Von ihren ersten Schreibversuchen, einem Roman, in dem die Geschichte des Professors Hirschler zu finden war, selbstverständlich unter anderem Namen. In manchen Abschnitten dieses Schulromans erkannten sich Kollegen, Schüler und Eltern wieder, was einen vielstimmigen Aufschrei, eine Klagedrohung, die Entlassung von der Schule und den Rückzug des Verlages zur Folge hatte.

Janis flüchtete in die Großstadt Wien. Sie heuerte bei einer kleinen Privatschule an, die ihr endlich eine hoch motivierte Arbeitsumgebung ermöglichte, aber auch entscheidend weniger Gehalt. Viele zusätzliche Stunden blieb sie in der Schule und von ihrem Enthusiasmus war bald nicht mehr viel übrig. Sie stürzte in eine Depression. Modern ausgedrückt, handelte es sich um ein Burnout, ihrer Meinung nach ein ebenso falscher Ausdruck ihrer Befindlichkeit.

Wohlsortiert erzählt Janis Alexandros aus ihrem Leben und endet mit: »Wenn du der Meinung bist, die Conclusio all dessen als ›heimatlos‹ zu bezeichnen, dann bitte.«

»Und wo genau, wenn ich fragen darf, siehst du dich heute beheimatet?«, fragt der zu diesem Zeitpunkt für Janis schönste Mann der Welt.

»Bei den Heimatlosen«, antwortet sie spontan und erntet einen langen Blick der schwarzen Männeraugen in ihr Augenblau.

Am zweiten Tag des Seminars für NGO Mitarbeiter in Athen fand dieses Pausengespräch statt. Ab dieser Stunde sollte sie nicht genug bekommen können von der rauchigen, wohltemperierten Bassstimme, die den Äther in schmeichelnde Schwingungen versetzte. Später, viel später, erlebte sie, wie dieselbe Stimme den Raum apokalyptischen Tsunamis gleich überschwemmte, zerstörerisch hereinbrach über alles, das sich in den Weg stellte.

Nach der Schulung für Flüchtlingshelfer ist sie geblieben:

Sie sitzt in der Plaka neben Alexandros, der die Bouzouki spielt und seine Lieder singt. Wenn Alexandros singt, ist es, als würden von seiner Stimme konzentrische Kreise ausgehen. Unwiderstehlich richten sie alle kreuz und quer verlaufende, anderweitige Bewegung auf sich aus, bis sich jeder im gleichen Bewegungsmuster wiederfindet. Sanftes Auf und Ab in Tönen und Rhythmen der Rembetiko, die er komponiert hat. Dann: Feuerregen aus Klang und Gesang. Wo immer er auch spielt, die Leute sammeln sich. Die Einheimischen kennen seine Lieder, singen, tanzen.

Und während Alexandros die Bouzouki vorsichtig weglegt, flüstert Janis ihm ins Ohr: »Siehst du, wenn du singst, fühle ich mich beheimatet.« Und er lächelt und sagt laut, sodass es in den ersten Publikumsreihen noch zu hören ist: »Dann bist du also in meiner Heimat zu Hause.« Ein Satz, der tief in sie eindringt und sie bis heute nicht losgelassen hat …

Der Košava heult vor den Fenstern des »Le Petit«. Janis trinkt Wasser, das ihr hier so gar nicht schmecken will. Aber Wasser in Plastikflaschen zu kaufen, das mag sie noch weniger.

Sie spürt die schale Stimmung in ihrem Inneren. Begegnungen mit schönen Männern haben in ihrem Leben selten zu etwas Gutem geführt.

Grauschwarzes, schulterlanges Haar. Dazwischen große Nachtaugen. Augen, die eine Sanftheit ausstrahlen, wie man sie sich von einer Vaterfigur wünscht.

Farid!

Wird er morgen mit ihr am Gate 35 des Busbahnhofes stehen?

Es geht darum, ihn in Bewegung zu bringen, ihn aus den Stricken zu befreien, die ihn zum Stillstand gebracht haben. Das ist ihre Aufgabe. Ihre Hoffnung ist es, an einer Startlinie zu stehen. Und ihre Angst ist es, sich selbst zu betrügen – wie damals in den ersten Wochen mit Alexandros. Immer wieder muss sie überprüfen, ob sie erneut einer Täuschung erlegen sein könnte? Darum gleitet sie, während sie hier sitzt und auf die hoffentlich gut genug gefälschten Papiere wartet, immer wieder in die Szenen der weiten und nahen Vergangenheit. Was hat sie damals übersehen, was könnte sie heute übersehen haben? Sie kennt Farid vierzehn Tage. Und doch scheint er ihr das genaue Gegenteil von Alexandros zu sein:

»Du könntest bei mir tun und lassen, was du willst.« Alexandros' Stimme, flüsternd an ihrem rechten Ohr. »Wahrscheinlich zähle ich demnächst zu den zehn Prozent Reichen meines Landes. Meine Lieder kennt jedes Kind in Griechenland.«

Alexandros wollte ihr seine Welt zeigen und sie war neugierig. Er nahm sie mit nach Thessaloniki. Sie blieben nur einen Tag im Stadthaus, das eigentlich Alexandros' Vater gehörte, der sich aber auf Reisen befand. »Vermauerter Moloch« nannte Alexandros die Stadt. Janis hingegen gefielen der weiße Turm und die Hagia Sophia, eingekreist von den Geschmacklosigkeiten des letzten Jahrhunderts. Der betörende Duft des Kircheninnenraums und der durch dicke Mauern abgefilterte Lärm der Geschäftigkeit veranlasste Janis, sich zu setzen. Sie fand Alexandros in einem der Kafenions gegenüber dem Kirchentor wieder.

»Sorry, dass du warten musstest«, sagte sie, » ich mag Kirchenräume.

»Ich möchte dir meinen bevorzugten Rückzugsort zeigen«, antwortete Alexandros nach einem tiefen Zug von seiner Karelia, die in einem Mundstück aus Olivenholz steckte.

Er fuhr mit ihr hinaus auf die Chalkidike. Sithonia, der mittlere Finger der Halbinsel, damals noch verschont vom Tourismus.

Agios Nikolaos, ein kleines Dorf, fünf Kilometer von der Küste entfernt. Der spärlich besiedelte Steilküstenabschnitt davor war noch in Händen der Einheimischen. Um einen lächerlich kleinen Preis hatte Alexandros ein großes Stück Land am Meer gekauft. Er ließ es urbar machen, legte Terrassen an. Ein Steinhaus wurde seinen Wünschen entsprechend gebaut. Unter dem Schlafzimmerfenster der vom Athos begrenzte, grün-türkise Meeresspiegel. Sah man des Nachts hinaus, konnte man das Flackern der Lichter des russischen Klosters des heiligen Pantaleon erkennen.

»Wie stellst du dir das vor?«, antwortete Janis. »Eine Heimatlose ohne Arbeit, ohne Sprachkenntnisse, ohne alles?

»Vielleicht ein paar Wochen könnte ich bleiben.«

»Dann musst du mich heiraten!«

Sieben Tage kannte Janis diesen Mann, als er diese Worte wählte. Verrückt! Ja, er schon. Und sie? Sie war verrückt genug, Alexandros zwei Monate danach zu heiraten. Es war seine dritte Ehe, allein dieser Umstand hätte sie warnen müssen.

Im ersten Jahr gab es nichts zu bereuen. Das schönste Jahr ihres Lebens. Sie lernte die Sprache, schrieb einen Roman, der – griechisch übersetzt von einem guten Freund ihres Ehemannes – erschien. Einige Dutzend Leser kauften das Buch. In Thessaloniki und Athen lag es einige Monate in ausgewählten Buchhandlungen auf. Danach verschwand es für immer von der Bildfläche. Im deutschsprachigen Heimatland wusste niemand von ihren literarischen Aktivitäten.

Janis bestellt Rotwein. Montenegrinischen Vranac Pro Corde, der beste Wein, der in Serbien zu bekommen ist, davon ist sie überzeugt.

Eigentlich will sie sich nicht weiter ihren Erinnerungen hingeben, aber der Mann am Telefon verlangte, zwischen 15:00 und 18:00 Uhr solle sie am Treffpunkt warten. Eine Frau werde an ihrem

Nebentisch Kaffee bestellen, nur Wasser trinken und einen Plastikbeutel mit der Aufschrift »Welcome« liegenlassen. Darin befänden sich die Papiere. Sollte dies bis 18:00 Uhr nicht geschehen, wäre etwas Unvorhergesehenes dazwischengekommen. Bezahlt hatte sie die horrende Summe schon am Morgen des Tages. Es bleibt ihr also gar nichts anderes übrig, als zu warten und zu hoffen.

Es gab Schönes im Leben mit Alexandros. Das ägäische Meer, seine Musik, die Zeiten der Zärtlichkeit.

Damals hat sie das Bild vom Ölbaum vor ihrem Fenster gezeichnet. Warum sie das tat? Sie war nie gut in Bildnerischer Gestaltung. Das Bild vom Ölbaum könnte von einem Hauptschüler stammen. Der Olivenbaum schien ihr Glück, ihr scheinbar vollkommenes Glück darzustellen. An dieser unglaublich schönen Küste, mit diesem unglaublich schönen Mann.

Der Baum bedeckte nur das linke Drittel des Blattes. Sie erinnert sich, das Bild stand noch einige Wochen auf der Staffelei. Immer wieder nahm sie sich vor, es fertigzustellen. Die leere Fläche sollte ein Paar einnehmen, Hand in Hand an der Meeresküste stehend, dem Betrachter den Rücken zukehrend. Doch es kam anders.

Lange Zeit steckte das Bild unvollendet in einer Mappe, bis sie es acht Jahre später dort fand, auf die Staffelei zurückstellte und neben den ersten Baum einen zweiten zeichnete. Abgeschnitten am Hauptstamm, kronenlos. Und während sie zeichnete, schluchzte sie wie ein Kind.

2008 schien die Welt in Griechenland in Ordnung zu sein. Und Alexandros' Stern stand hoch am Rembetikohimmel.

Geld? Kam herein und floss genauso schnell wieder hinaus. Es gab bleibende Werte, das Grundstück mit dem außergewöhnlichen Haus am Meer nahe Agios Nikolaos. Man kaufte irgendwann eine kleine Jacht. Damals verbreiteten sich Alexandros CDs landesweit.

Das ging so bis zum 23. April 2010. Es war ein Freitagmorgen:

Janis sitzt mit Alexandros beim Frühstückstisch, der Fernseher läuft. Plötzlich tritt Staatspräsident Papandreou vor die Kamera. Alexandros Aufmerksamkeit wendet sich mehr und mehr dem zu, was der Politiker verkündet. Janis versteht nur die Hälfte:

Er vergleicht sein Land mit einem »sinkenden Schiff« und fleht die EU geradezu an, den Griechen einen sicheren Hafen zu bieten.

Niemand weiß zu diesem Zeitpunkt, was ihm und seinen Landsleuten bevorsteht. Auch Alexandros nicht.

»Wir müssen die Jacht verkaufen!«, sagt er an diesem 23. April am Frühstückstisch. Was in den folgenden Jahren geschieht? Er kommt dort wieder an, wo er hergekommen ist: ein Rembetiko-Musiker auf der Straße!

Janis versucht, als Deutschlehrerin dazuzuverdienen. Alle Jungen und gut Ausgebildeten wollen Englisch oder Deutsch lernen und sich ins Ausland absetzen. Niemand aber kann viel für Sprachunterricht bezahlen. Oft arbeitet Janis ohne Bezahlung. Es gibt keine Krankenversicherung mehr und manche Lebensmittel sind unbezahlbar. Das Schlimmste: Alexandros verwandelt sich zu einem grantigen, manchmal aggressiven Taugenichts, der seine Frau öfter und öfter alleine lässt, ihr zu spüren gibt, dass er ihr Land gemeinsam mit der ganzen EU verantwortlich macht. Janis spürt am eigenen Leib das Leid der großen Masse der einfachen Leute. Sie spürt auch, dass nicht nur Alexandros sie, die Frau aus dem reichen Norden, verantwortlich macht für das Geschehen. Und trotz der anderen, die ihr wie zuvor wohlgesonnen bleiben, weiß Janis sich plötzlich als Fremdkörper. Vor allem, da Alexandros sie nicht mehr zu lieben scheint. Weil diese Liebe von Anfang an Einbildung gewesen war? Weil sie ihn in Thessaloniki mit einer anderen Frau sieht, einer schönen Griechin? Auch wenn er, als sie ihn Tage später zur Rede stellt, seine Unschuld beteuert. Es handle sich um eine Sängerin, mit der er in den Straßen der Stadt musiziere, weil das viel mehr einbringe, als wenn er das alleine tun würde. Vielleicht hat er sie wirklich nie betrogen, aber er hat sie alleine gelassen und ihr mehr und mehr seine Liebe entzogen. Schließlich taucht er gar nicht mehr auf. Auch das Telefonieren stellt er ein. Eine Freundin erzählt, Alexandros sei es unerträglich, seine Frau nicht ernähren zu können. Sie wisse, dass er in Athen auf der Straße lebe, immer noch oder endlich wieder ein stolzer Rembetiko-Musiker. Seine Lieder hätten an Authentizität gewonnen, seien zurückgekehrt an ihren Ursprung: Musik der Vertriebenen, angesiedelt an den Stadträndern, im Milieu der Kleinkriminellen und Hafenkneipen.

Janis malt den zweiten Olivenbaum, den mit der abgeschnittenen Krone, packt zusammen und reist ab. Wie eine Flucht sieht es aus. Sie geht zurück nach Österreich, wo sie sich nie wieder beheimatet fühlen wird.

Sie sitzt im »Le Petit« und wehrt sich gegen die innere kritische Stimme, die ihr vorhält, dabei zu sein, die gleiche Elendsgeschichte mit Farid einzuläuten. Farid ahnt ihre Verliebtheit … Aber ausgesprochen ist nichts. Wenn sie ihn morgen mit gefälschten Papieren über die Grenze schmuggelt, muss vorher die Wahrheit ans Licht.

Was weiß sie von Farid?

Er kam an jenem Tag vor vierzehn Tagen mittags tatsächlich eine Stunde früher in den kleinen Park nahe dem Belgrader Busbahnhof. Geradlinig steuerte er auf sie zu und sein Lächeln erinnerte an die Offenherzigkeit eines Kindes. Sie reichten einander die Hand und setzten sich in das schäbige Café am Busbahnhof. Die Kälte zog durch die undichten Glaswände, also behielten sie die Jacken an und tranken heißes Wasser, das in der Karte als »Čaj-Limun« bezeichnet war.

Farid hatte zu den Privilegierten Teherans gezählt. Seine Mutter kannte jeder im Iran. Sie spielte – neben ihrer Tätigkeit am Teheraner Theater – eine ganze Reihe an Hauptrollen in den Filmen des iranischen Fernsehprogramms. Und ihr Sohn war dabei gewesen, ihr Erbe in der Theaterszene des Landes anzutreten.

Er wurde Christ – warum eigentlich? – und die Religionspolizei stand plötzlich in seiner Wohnung, – wie hatten sie von seinem Gesetzesbruch erfahren? – während er sich bei einer Probe zu Shakespeares »Hamlet« im Theater befand. Er hat seine Wohnung nie wieder betreten und ist seitdem auf der Flucht. Ohne Pass oder andere Papiere, so weit wie möglich an die türkische Grenze. Danach zu Fuß weiter und weiter. Die Monate im Zelt eines Flüchtlingslagers im Osten der Türkei. Die Rückkehr in die Heimat schien, je länger es dauerte, umso unmöglicher. Bekam ihn die Staatsgewalt des Irans zu fassen, war das sein sicherer Tod. Es blieb nur eine Möglichkeit: Weiterflüchten in ein sicheres Land, in dem sich ein neues Leben aufbauen ließ. Er zögerte diesen Ausweg hinaus. Er wollte sich nicht damit abfinden, alles loslassen zu müssen, was für ihn Bedeutung hatte. »Vor allem«, so erzählte Farid nach einer kleinen Pause im Café des Busbahnhofs, »vor allem die Menschen, die ich liebe, nicht wiedersehen zu können, diese Wahrscheinlichkeit, die sich mehr und mehr als Gewissheit herausstellte, hat mir fast das Leben gekostet. Wäre da nicht einer gewesen, der mich mit freundschaftlichem Zwang auf den Weg gebracht hätte, wäre ich an gebrochenem Herzen gestorben. Und das ist nicht nur ein Wort, sondern ein körperlicher Zustand, in dem ich mich befinde. Mein schwaches Herz macht Probleme.«

Janis trinkt Rotwein, köstlichen Rotwein, darum trinkt sie zu schnell. Sie versteckt ihr Gesicht, drückt es an die kalte Scheibe des Fensters. Wie gut sie kennt, wovon Farid sprach.

Als sie um sich blickt, sieht sie eine Frau am Nebentisch, diese bestellt Kaffee, trinkt das Wasserglas leer, bezahlt und verlässt das »Le Petit«. Auf der Bank neben Janis liegt der Plastikbeutel mit der Aufschrift »Welcome«. Sie steckt ihn in ihren Stoffbeutel, zahlt und macht sich auf den Weg zu Farid.

Belgrad, 29. Jänner 2017, 19:00h
Farid

Er hat sich in den Monaten seiner Flucht noch nie so wohl gefühlt wie hier in Janis' Wohnung.

Es war beim vierten Gespräch im Busbahnhof-Café – sie sprachen in einem Gemisch aus Deutsch und Englisch –, als die Frau unvermittelt sagte: »Ich hoffe, du verstehst das nicht falsch, du könntest bequemer illegal in meiner Mietwohnung wohnen. Und eine gründliche Dusche hast du mehr als notwendig. Ich glaube, ich kann dir vertrauen, darum biete ich dir das an. Missbrauchst du mein Vertrauen, werfe ich dich auf der Stelle hinaus. Ich weiß, wo die Polizei dich findet, solltest du mich bestehlen.«

Farid wusste erst nicht, ob er das verlockende Angebot annehmen sollte. Was bedeutete das für sein Vorhaben? Entweder krepierte er hier oder es gelang, die verdammte letzte Grenze zu überwinden.

Janis beschrieb ihre Wohnung:

Sie hat auf das von »No way« angebotene, kostenlose Zimmer verzichtet. Kleine Wohnungen stehen in Belgrad in genügender Anzahl frei. Einer der serbischen Unterstützer der NGO, Zoran, hat ihr seine neu renovierte Kellerwohnung zu unglaublich günstigen Konditionen überlassen. Natürlich ohne Mietvertrag. Laut ihrer Aufenthaltsbestätigung ist sie Zorans Gast. Der wohnt wiederum einen Stock höher, ohne offiziellen Mietvertrag, in der Wohnung eines Freundes. Unklar ist, ob dieser Freund tatsächlich Besitzer der Wohnung ist.

Vor der Tür der Kellerwohnung stinkt es nach Katzenpisse. Die im zweiten Stock werfen jeden Abend den Kater mit dem malträtierten Bein aus der Wohnung. Das Stiegenhaus des fünfstöckigen Baus ist bei dieser Kälte sein Revier.

– Noch ein Heimatloser? –, dachte Farid, als Janis davon erzählte.

Alles, was Janis braucht, hat sie hier. Fernseher, Internet, Handyempfang. Die Küche ist gut eingerichtet. Sonst gibt es an Möbeln noch einen alten Kasten, der Janis' Kleidung einen etwas abgestandenen Geruch verleiht, und ein knarrendes Bett. Der Supermarkt ist nicht weit weg, alle Konzerne des reichen Europas sind in Belgrad inzwischen gelandet. Janis kauft lieber in den kleinen Läden. Der nächste davon ist, wenige Schritte entfernt, in einer alten Baracke untergebracht. Wer Geld hat, kann in Belgrad alles kaufen. Das sind aber nur wenige. Die große Mehrheit muss an allem sparen. Im Haus wohnt ein alter Mann, der 120 Euro Rente bezieht. Im Winter braucht er monatlich 70 Euro für die Elektroheizung seiner kleinen Wohnung. Der Rest bleibt fürs Leben. Kein Einzelfall. Erstaunlich, mit welcher stoischen Gelassenheit die Belgrader ihre Lage hinnehmen. Genauso erstaunlich, meinte Janis, ist es, welche lächerlichen Kleinigkeiten ihren österreichischen Landsleuten lebensbedrohliche Probleme zu sein scheinen.

Farid und Janis vereinbarten die Besichtigung der Wohnung noch für denselben Tag.

Es gibt einen fensterlosen Vorratsraum, der früher einmal ein Kellerabteil gewesen sein muss. Groß genug, um eine Matratze auf den Boden legen zu können. Farid meinte, er könne auch ohne Matratze schlafen, er habe sich inzwischen daran gewöhnt. Janis aber hatte im nahen Einkaufszentrum eine Art Futon entdeckt. Sie bestand darauf, die Rollmatratze zu kaufen, falls Farid ihr Angebot annehmen wolle.

Nachdem er geduscht hatte und in die von der Frau gekauften Kleider geschlüpft war, saßen sie im Wohnzimmer, das Janis auch als Schlafzimmer nützte, und tranken Kaffee.

»Wenn Sie das auf sich nehmen wollen ...«, sagte er unvermittelt. »Es ist die erste normale Wohnmöglichkeit auf meiner Flucht. Ich könnte mich nützlich machen. Kochen, alles, was es im Haushalt zu tun gibt ...« Janis fiel ihm ins Wort: »Ich brauche keinen Bediensteten. Du bist mir nichts schuldig.«

»Warum tun Sie das?«

Es brauchte eine Weile, bis Janis zu einer Antwort fand: »Einfach so.« Farid spürte, wie sie sich einer Antwort entzog. »Niemand darf es wissen!« Janis brachte Distanz zwischen sich und die gestellte Frage. »Dass du hier wohnst, darf niemand wissen. Du musst deinen Tagesablauf beibehalten. Deinen bisherigen Nachtgenossen lieferst du eine nachvollziehbare Erklärung, warum du nicht mehr in der Fabrikhalle schläfst.«

»Sollte jemand fragen, sage ich, ich bin bei einem Bauern am Stadtrand untergekommen. Einige von uns schlafen in Schweineställen. Alle meine Leidensgenossen träumen von einem warmen Schlafquartier. Den Gestank von Schweinen vergisst man schnell.«

Und so geschah es dann noch am selben Abend. Es war der fünfte nach dem ersten Gespräch mit der Frau.

Alle Befürchtungen entpuppten sich als grundlos. Farid kennt die Fallen, in die Flüchtlinge geraten können. Es gab Gerüchte, in Istanbul seien welche verschwunden, deren Körper viel Geld als Organspender abwarfen. Frauen verschwinden in die Prostitution, schöne Jünglinge kidnappt man. In der Erntezeit fängt man sich ein paar der bedauernswerten Geschöpfe, nimmt ihnen ihre Papiere weg, sollten sie welche besitzen, und hält sie wie Sklaven. Man schindet sie, bis sie ausgelaugt und damit wertlos sind und schmeißt sie dann zurück auf die Straße. Kinder verkauft man an Kinderlose in reichen Ländern. Sie dürfen sich als Retter fühlen, die eine sichere Heimat bieten. Was Menschen mit ihren Mitmenschen anstellen, wenn sie Macht über sie haben?

Man muss vorsichtig sein. Farid traut sich eine gewisse Erfahrung und Menschenkenntnis zu. – Diese Frau kann niemandem etwas zuleide tun. Man muss vielmehr auf sie aufpassen, damit niemand ihr etwas antut. – Warum bot sie ihm ihre Wohnung an? Tausende seinesgleichen gibt es, warum ihm? Vielleicht das richtige Wort zur richtigen Zeit? Vielleicht Glück? Man darf mit dem Guten im Menschen rechnen. Auch das hat er erlebt. Er wäre nicht bis hierher gekommen ohne das Gute im Menschen. Darum ist er Christ geworden. Er will an den Gott der Liebe glauben.

Heute Morgen sagte Janis: »Wenn ich zurückkomme, werde ich dir ein Geheimnis verraten … Nein, keine Sorge, nichts Schlimmes.«

– Hat sie sich mit ihren Eltern versöhnt? –, fragt Farid sich.

Janis hat von ihrem Problem bei einem der Gespräche erzählt, die sich seit seinem Einzug immer wieder ergeben und oft in ungeahnte Länge ziehen.

Er hat sich gefragt, wie er reagieren würde, hätte er eine Tochter, die in der Heimat alles hinschmeißt, nach zehn Jahren zurückkommt, vertrieben und verloren. Er versteht die Reaktion der Eltern. Die Frau hätte sich mehr Mühe geben müssen, um die Liebe ihrer Eltern zurückzugewinnen.

– Oder hat Janis sich verliebt? Ist das ihr Geheimnis? Nach all dem, was sie mit Alexandros, dem Griechen, erlebt hat? –

Farid hat seinen Gott gebeten, den richtigen Mann an ihre Seite zu stellen.

In diesen wenigen Tagen hat Farid Janis ins Herz geschlossen.

– Sie ist ein wundervoller Mensch. Ich will ihr ein guter Freund sein. –

Sie bat ihn, von der Flucht zu erzählen. Und er tat es, obwohl er wusste, des Nachts würde ihn die Angst so sehr in Unruhe versetzen, dass sein Herz zu rasen anfängt.

Es ist schwer, das Erlebte in Worte zu fassen. Was können Worte beschreiben? Was bedeutet es für den Zuhörenden, wenn sein Mund Worte formt wie: »Ich lief weiter und weiter, obwohl meine Beine schmerzten, als hätte man die Haut abgeschält.« Es gibt Zustände, die Worte nicht fassen können. Ist es möglich zu beschreiben, was an der Grenze zu Mazedonien geschehen ist? Oder im Jeep auf den Gebirgspfaden zwischen dem Iran und der Türkei? Plötzlich stand da einer mit dem Gewehr im Anschlag. Alle mussten aussteigen. Der Mann wählte sich ihn aus, ließ ihn niederknien und setzte den Lauf des Gewehres an seine Schläfe. In der anderen Hand hielt er eine Pistole auf die Mitfahrenden gerichtet. Was von

Wert erschien, musste in den Jeep gelegt werden, dann gab er einige Pistolenschüsse ab, bis alle außer Farid davongelaufen waren. Er lachte ihm ins Gesicht und drückte ab. Der Bolzen flog ins Leere. Farid fiel wie tot zu Boden. Der Mann setzte sich in den Jeep und fuhr davon.

Diesem Ereignis folgten schlimme Tage und Nächte in Kälte und Schnee. Von den fünf der Gruppe blieben zwei im Nirgendwo liegen. Warum er es durch die Berge geschafft hat? Er weiß es nicht. Zufall? Glück? Gottes Hilfe? Eigentlich hatte er sich als einen der körperlich Schwächsten der Gruppe eingeschätzt. Und doch ist er in Ostanatolien angekommen.

Die schlimmsten Ereignisse hat er Janis nicht erzählt. Er hofft, die Erinnerungen verschwinden eines Tages.

Gehört hat er davon, dass es in Europa nicht wenige Menschen gibt, die Flüchtlingen unterstellen, aus rein wirtschaftlichen Gründen und des materiellen Besitzes wegen ihre Heimat zu stürmen. Würde jemand ihm so etwas vorhalten, müsste er von den dramatischen Ereignissen während seiner Flucht erzählen. Kann jemand glauben, das alles nimmt ein Mensch nur wegen Europas Reichtümern auf sich? Was nützen Dinge, seien sie noch so schön und wertvoll, wenn du tot bist?

Sein zu dürfen, an einem Ort des Friedens. Danach sehnt Farid sich.

Der Schlüssel dreht sich im Schloss. Janis steht in der Türe.

Belgrad, 29. Jänner 2017, 20:00h
Janis und Farid

Sie sieht den Mann mit dem langen, grauschwarzen Haar an und weiß nicht so recht, was sie tun soll. Erwartungsvoll und ängstlich steht er da und rührt sich nicht. Wie einem kleinen Jungen klopft sie ihm mit der flachen Hand aufs Hinterteil, begreift erst danach, dass ihn die Berührung noch mehr erschrecken könnte. Und sie selbst ist erschrocken über ihr Tun.

»Komm!« Sie geht voraus ins Wohnzimmer, das ihr persönliches Reich geworden ist, seit Farid bei ihr wohnt.

Sie setzt sich auf die Couch, die ihre nächtliche Ruhestätte ist.

»Setzt dich!« Unsicher steigt er von einem Bein aufs andere, bevor er sich am anderen Ende der Couch niederlässt.

Sie richtet den Blick auf ihn, weiß nicht weiter, legt den Plastiksack mit der Aufschrift »Welcome« neben sich. Die Zeit scheint erstarrt, gleichzeitig dehnt sich diese Starre in rasendem Tempo aus.

Janis greift in ihre griechische Ledertasche, nimmt die Busfahrkarte heraus und legt sie vor Farid auf den Tisch. Er wirft nur einen kurzen Blick darauf, sieht ihr dann weiter stumm ins Gesicht.

»Deine Fahrkarte!«, sagt sie. »Ich habe auch eine.« Sie holt die zweite Karte aus der Tasche, hält sie ihm hin. »Morgen früh, 8:00-Uhr, Gate 35, Belgrad – Wien. Du wirst mit mir nach Wien fahren!«

Wieder entsteht eine Pause, in der der Verstand vernünftige Gedanken aneinanderzureihen versucht.

»Ich kann nicht nach Wien, das weißt du«, sagt er. Und sie lächelt: »Eigentlich bin ich nicht der Mensch, der sich auf derartige Dummheiten einlässt, aber diese Dummheit bewirkt Gutes.«

»Ich verstehe nicht?«

Wie immer sprechen sie in einem Gemisch aus Englisch und Deutsch: »Stupid boy!«

Sie öffnet den Plastikbeutel, nimmt den gefälschten Pass heraus. Auf der Herfahrt im Bus hat sie sich das sündteure Dokument angesehen. Als Laie kann man sagen: Alles da, was man von einem griechischen Pass erwartet. Griechische Schriftzeichen am Einband, das Wappen, Farids Foto und daneben steht geschrieben: Alexandros Manolis. Place of birth: Thessaloniki. Zweiundvierzig Jahre alt. Sie staunt, wie die zwei Männer in diesem Papier verschmelzen. Sie muss aufpassen, dass das nicht auch in ihrer Seele geschieht.

Janis legt den Pass Farid in die Hände. »Sieh es dir an!«

Er blättert das Dokument auf, liest, wendet die Seiten, betrachtet die Ein- und Ausreisestempel. Janis kann sehen, wie sein Gesicht die Farbe verliert. »Möchtest du Wasser? Oder Wein?« Sie wartet nicht, ob ihr Gegenüber antwortet, geht in die Küche, holt die Flasche Vranac Pro Corde, schenkt zwei Gläser übervoll.

Sie gibt Farid ein Glas in die Hand, stößt das ihre an seines, trinkt einen großen Schluck. Er nippt am Wein.

Ganz leise sagt er: »Es ist eine Fälschung.«

Janis muss lachen: »Ja! Ja, ja! Eine Fälschung!«

»Ich bin nicht dein Mann Alexandros.«

»Aber niemand wird erahnen können, wer du bist. Amtlich bin ich immer noch verheiratet. Alle Details stimmen. Und als Grieche gehst du problemlos durch. Du gleichst Alexandros. Einen Tag lang müssen wir spielen, als wären wir ein glückliches Ehepaar. Kannst du das? Du darfst nur Englisch reden, keinem wird auffallen, dass Griechisch für dich eine Fremdsprache ist.«

Sie erzählt, wie sie damals, bei ihrer überstürzten Abreise aus Agios Nikolaos, Alexandros Pass gefunden und mitgenommen habe. Warum? So genau wisse sie das nicht. Aus Rache? Weil sie ihm schaden wollte? Erklärt habe sie es sich so: Man müsse Alexandros die Möglichkeit nehmen, ihr zu folgen. Der sei im Stande, in seiner gekränkten mediterranen Männerehre, sie wie ein entlaufenes Schaf einfangen zu wollen.«

»Wenn meine falsche Identität enttarnt wird, ist das mein Todesurteil. Dann schiebt man mich ab in den Iran.«

»Die Alternative ist noch weniger schön: Willst du hier verfaulen? Sieh dich an.

Deine Entscheidung! Aber so eine Chance bekommst du nie wieder. Niemand sonst ist so dumm, so etwas zu tun.«

»Warum bist du so dumm?«

Diese Frage hat sie befürchtet. Sie weicht aus:

»Weil ich ein guter Mensch bin«, sagt sie keck lächelnd. Und als sie merkt, dass Farid nicht bereit ist, sich über die Wahrheit hinwegzuschwindeln, redet sie weiter und weiter:

Einmal im Leben wolle sie etwas richtig machen. Ja, es sei nicht ungefährlich, auch für sie. Aber vor Angst zu sterben, bedeute auch, tot zu sein. Und keine Sorge, er schulde ihr nichts. Wenn er in Wien aus dem Bus steige, sei er ein freier Mann und könne tun, was immer er wolle. Dann trenne sich das Ehepaar Manolis für immer, sofern er das wünsche. Nur rate sie ihm, sich bald zur zuständigen österreichischen Behörde zu begeben und einen Asylantrag zu stellen. Dafür habe sie ihm eine dritte Identität verschafft. Sie legt den syrischen Pass mit seinem Foto vor ihm hin. Damit werde man ihn als Kriegsflüchtling anerkennen. Der politische Wind wehe in Österreich steif nach rechts, was bedeute, dass der Willkommenskultur, die ein Strohfeuer gewesen sei, endgültig der Garaus gemacht werden soll. Aber solange sie lebe, wolle sie immer neue Willkommensfeuer entzünden, wenn es auch manches Mal nur Strohfeuer seien. Im gesetzlichen Sinn sei sie nie ein Flüchtling gewesen, kenne aber das Lebensgefühl gut. Man müsse in diesen Zeiten bereit sein, gegen verbrecherische Moral, auch wenn sie in Gesetze gegossen sei, etwas zu unternehmen. Allein vor ihrem eigenen Gewissen verantworte sie ihr Tun. Wenn man sich auf ein »Christliches Abendland« beruft, dann sei doch entscheidend, zu handeln, wie der Erfinder es gewollt habe: Respekt und Liebe für jedermann und jedefrau, egal woher sie kommen, welche Sprache sie sprechen, welche Hautfarbe sie haben, welche sexuellen Vorlieben … egal, egal, egal! … Und wer sich nicht mit diesem Christus identifiziere, finde im Weltethos jenen Satz, der die menschlichen Moralvorstellungen bündle:

Liebe deinen Nächsten wie dich selbst!

Was das bedeute? Keine Kompromisse!

Janis spricht und spricht, als hätte sie Angst vor der Stille, der Wortlosigkeit.

Farid kommt um den Tisch herum, nimmt ihre Hände: »Wir fahren morgen.«

Und plötzlich schlingt die Frau ihre Arme um den Körper des Mannes und ihr Gesicht liegt an seinem Hals.

Belgrad, 29.Jänner 2017, 21:00h
Martin

– An Schlaf ist nicht zu denken. –

Er zieht die Fahrkarte aus dem Leinenrucksack. Die Nummer des Gates hat er auf die Rückseite der Fahrkarte geschrieben: – 35! Abfahrt 8:00 Uhr. – Der Wecker ist auf 6:00 Uhr gestellt.

Martin hat die Vorhänge vor das Hotelfenster gezogen. Vom Bett aus beobachtet er – eingehüllt in die dünne Decke – wie der Košava die Gardinen bewegt. Mit fauchendem Flüstern will ihm die Welt vor Augen führen: »Aussperren kannst du mich nicht!« Martin spürt eine Enge in der Brust, als würde ihn jeden Augenblick etwas Dunkles, Hässliches anspringen.

Seit er seine Diagnose kennt, kennt er die Fratze der Todesangst. Lautes Rezitieren hilft manchmal: »Wer unter dem Schirm des Höchsten sitzt und unter dem Schatten des Allmächtigen bleibt … Meine Zuversicht und meine Burg, mein Gott, auf den ich hoffe.« Nicht immer nützt es. Auch jetzt nicht. Er klappt das Notebook auf, öffnet den Ordner »Tagebuch«, schwarze Schrift, fett:

Von den drei Werken über Frankl und die Logotherapie, die ich geschrieben habe, müssen noch Dutzende Exemplare in der Truhe rechts neben meinem Bett liegen. Ich möchte, dass man sie bei meinem Begräbnis verteilt.

– Testament. –

Und ich verbiete, verkitschte Kirchenlieder zu spielen. Mein Freund soll improvisieren mit seiner indianischen Flöte und mit der Bass-Querflöte. Und von Arve Pärt wünsche ich »Cantus in memory of Benjamin Britten« zu hören, falls ich dann – wider Erwarten – hören kann. Und auch wenn es von einigen als Provokation verstanden werden wird, Marla Glens »Believer«, muss gespielt werden. Denn so fühle ich mich: unverständig für das scheinbar Einfache. Hervorzubringen, was fest vermauert in mir existiert. Ich weiß, dass es da ist. Es sollte doch leicht sein, in Worte gefasst zu werden.

Jemand wird die Übersetzung des Songtextes aus dem Englischen vorlesen. Francesca wird das tun. Sie muss es, weil ich – in der Vorstellung davon – ihr unter Tränen in die Arme falle und sich dadurch endlich alles in mir öffnet. Sofern man beim eigenen Begräbnis angerührt sein kann. Nein, das kann man nicht. Dann ist es zu spät.

Ist es zu verstehen, warum es so schwer ist, zu sagen: „Ich liebe dich?"

– Doch, Francesca, ich verstehe es. –

Am liebsten wäre es mir, wenn mein Sarg an einem mir vertrauten Ort stünde. Am Ufer des Tibers oder am Fluss meiner Kindheit, der Erlauf ... Aber, meine Freunde mögen mein Entkommen nach ihren Vorstellungen gestalten. Denn nicht der Erlöste – gibt es den? – braucht Lösungen für das Unbegreifliche, sondern die Zurückgebliebenen.

Ich möchte, dass niemand diese Zeilen liest, weil ich noch nicht sterben will. Ich lebe! Übermorgen sitze ich meinem Arzt im AKH gegenüber und ich wünsche mir zu hören: »Wir können es nicht erklären, ein Wunder.« Dann will ich kein Wort von Spontanheilung hören, die es ja, naturwissenschaftlich betrachtet, geben darf. Ich würde auf die Knie fallen und jubeln, dass mein Gott herausgetreten ist aus der Verborgenheit. Aber in meinem Körper fühlt es sich keineswegs so an. Diese Reise ist eine Zumutung von mir an mich.

Ich habe Prostatakrebs im fortgeschrittenen Stadium. Ich bin Jesuit und Logotherapeut, doch beides vermag mir in meiner Krise nicht zu helfen. Mein Gott schweigt.

Seit Monaten bin ich auf der Suche. Überall bin ich gewesen, wo man schreit: »Kommt herbei! Man hat ihn gesehen!« Mag sein, er ist anderen begegnet, mir nicht. Ich habe ihn nirgendwo gesehen. Auch nicht auf dem Athos, wo ich jetzt herkomme. Vielleicht aber ist ein unbemerktes Wunder geschehen.

Er war mir lebendig. Ich habe ihn verloren. Genau genommen, schon vor Jahrzehnten. Der Gott meiner Kindheit, meiner Jugend und meines langen Lebens, hat sich in Luft aufgelöst. Wie vielen Menschen half ich, ihm zu begegnen? Mir selbst kann ich nicht helfen.

Inzwischen ist klar, dass ich schon lange nur so getan habe, als wäre er da. Ein Mann Gottes, der so etwas sagt, denkt? Wann das begann? Ich habe keine Ahnung. Aber als ich meine Diagnose bekam, der Tod vor mir stand – so lebendig – da wusste ich mich allein. Kälte kroch durch mein Fleisch und meine Knochen, sie nahm Raum im Gehirn und im Herzen und haust nun an dem Ort, den früher er bewohnte. Er!

Hat er mich unsichtbar berührt und Zeit auf mein Lebenskonto verbucht?

Er legt das Notebook neben sich auf das Bett und schließt die Augen. So sehr er es auch möchte, an Schlaf ist nicht zu denken.

Der Schmerz. Und der Teufel lacht draußen vor seinem Fenster. Neun Stunden noch, bis er den Bus besteigen wird.

Bevor er losfuhr zum Berg Athos, hat man neue Gewebeproben genommen. Biopsie. Man riet ihm von der Reise ab. »Jetzt, im Winter, wo das Klima rau und für Kranke völlig ungeeignet ist?« Aber er hat sich nicht abbringen lassen. Der Berg Athos, letzter verbliebener Ort, von dem er hoffte, dort seinen Gott wiederzufinden.

»Wenn nicht jetzt, worauf soll ich warten?«

Im Winter ist der Athos ein noch stillerer Ort als sonst. Das Empfehlungsschreiben des Metropoliten half, ein Visum zum rechten Zeitpunkt, also sofort, zu bekommen. Er kennt den Metropoliten seit Jahrzehnten. Ein stattlicher und glaubensstarker Mann mit schwarzem Bart. Nicht wenige Männer der Kirche haben bis heute Vorbehalte im Kontakt mit Würdenträgern anderer Konfessionen. Martin nimmt für sich in Anspruch, mit jedem reden zu wollen und zu können. Sein Lehrmeister – Viktor Frankl, er hat ihn noch persönlich kennengelernt – bestärkte ihn – wie in vielen anderen Belangen.

Vor zwei Wochen landete er, von Ouranoupoli kommend, am Kai des Klosters Dionysiou auf der südwestlichen Seite der Halbinsel.

Er setzt sich wieder hin, klopft den Polster im Rücken zurecht. Es schmerzt, trotz der Handvoll Tabletten. Er sucht die Seite im Tagebuch. Grüne Schriftfarbe:

Der mächtige Gipfel des Athos über mir, je näher ich meinem Ziel komme. Der Wind bläst auf offener See eisig. Hoher Wellengang.

Die Überlieferung berichtet, dass die Jungfrau Maria in Begleitung des Evangelisten Johannes, auf ihrer Reise nach Zypern, um Lazarus zu besuchen, wegen des stürmischen Meeres gezwungen war, an der Stelle vorübergehend Schutz zu suchen, an der sich heute das Kloster Iviron befindet, nicht weit von der Stelle, an der ich jetzt stehe.

Die Jungfrau Maria bewunderte die wilde Schönheit des Ortes und bat Gott, ihr den Berg Athos als Geschenk zu geben. Daraufhin habe Gott gesprochen: »Dieser Platz soll Dir gehören, als Dein Paradiesgarten und Hafen für jene, die Errettung suchen.«

Je näher man kommt, umso gigantischer türmen sich die achtzig Meter hohen Mauern auf der hundert Meter hohen Felsnase. Überhängende Holzbalkons an den Klostermauern. Schwindelerregend! Über all dem der aufragende Turm – wie ein Burgfried.

Ich erwarte nichts!

Falsch! Keine Lügen!

In seinen zentralen Aussagen lenkt mein Lehrmeister den Blick auf das Wesentliche: »In jeder Situation gilt es Sinn und Lebenswert zu finden: … trotzdem Ja zum Leben sagen! Spüre die wertvollen Lebensinhalte auf. Der Mensch ist nicht dazu berufen, etwas vom Leben zu erwarten, sondern sich liebend hinzugeben an andere oder eine »wertvolle« Aufgabe aufzuspüren, die Erfüllung bringt. Du hast es in der Hand, dich in jeder Situation so oder anders zu verhalten. Nicht dem Leben mehr Jahre, sondern den Jahren mehr Leben geben. Wer sein Schicksal für besiegelt hält, ist außerstande, es zu besiegen.«

Wie oft habe ich diese Sätze jenen gesagt, die mir in meiner logotherapeutischen Praxis gegenübersaßen?

Jetzt ist da einer meines »inneren Teams«, ich nenne ihn den »Polizisten«, der schadenfroh lacht und mir vorhält: »Habe ich es dir nicht gesagt? Was für einen schwachsinnigen Blödsinn du behauptest! Ein Klardenkender weiß, es gibt kein Entkommen.«

Und dann ist da in meinem inneren Team einer, der sich verkriechen will im Boden wie ein Maulwurf. Und genau so sieht er aus.

Aber es ist auch ein Mönch unter den inneren Stimmen. Er bleibt ruhig und voller Erwartung. Und die Frau, eine schöne Frau, eine Griechin mit weißem Gewand, die aus ihrer Amphore Wasser in die Becher gießt und Weißbrot bricht und reicht. Ihr Gesicht wie das Francescas.

Was erwartet mich da oben im Kloster Dionysiou?

Wird es sein wie in der Wohnhöhle des Apostels Johannes auf Patmos? Dort, wo ihm angeblich Gott erschienen ist und er die Apokalypse diktiert bekam?

Außer einem Mönch war ich der Einzige in der Höhle.

Und als der meine Situation durchschaute, kam er auf mich zu und sagte:

»Höre! Ich habe Worte, die für dich bestimmt sind: Von jeher habe ich dich geliebt, was immer auch geschehen mag, meine Liebe wird dich nicht verlassen. Ich bin dein Zufluchtsort!«

Ich sank zusammen. Er legte seine Hand auf meine Schulter, eine Zeit lang verharrten wir so.

Es ist etwas geschehen, aber begegnet ist mir nur ein Mensch.

Martin klappt das Notebook zu. Ähnliches hat er in Lourdes beim Bad im heiligen Wasser erlebt. Und nach dem Vortrag des Dalai-Lama spürte er dessen Mitgefühl, als er ihm die Hand drückte und leise vier Worte formulierte: »It will be good!« Er ist auch beim Tanz der Sufi Mönche gewesen und fühlte sich berührt.

Gefunden hat er an all diesen Plätzen keinen Gott. Er hat die Liebesfähigkeit des Menschen erlebt.

War die Reise wertlos, weil er bald sterben wird?

Wird er denn sterben?

Belgrad, 29.Jänner 2017, 22:00h
Andrijana

Andrijana sucht all ihre Taschen durch. Wohin hat sie ihre Buskarte gesteckt?

Slavica, ihre beste Freundin und Studienkollegin, lacht: »Dann musst du doch hier bei mir in Belgrad bleiben. In meinem Krankenhaus wäre eine Stelle für eine Kinderarzt-Praktikantin frei.«

Andrijanas Hand klatscht auf den Oberarm ihrer Freundin: »Ich will aber in einer exzellent ausgerüsteten Station für Onkologie arbeiten!«

»Wir hätten auch genügend krebskranke Kinder im Spital.«

»Žensko jedno! Dummes Weibchen! Wie mein hormongesteuerter Berater aus Österreich so schön sagt, ohne zu wissen, was das heißt.«

Beide bekommen einen Lachanfall, können nicht aufhören. Besser lachen als traurig sein, denn das ist ihre letzte Begegnung für längere Zeit. Morgen früh geht es los mit dem 8-Uhr-Bus nach Wien.

Welche fertig ausgebildete, serbische Ärztin wünscht sich nicht, in einem Krankenhaus an der Spitze der weltweiten medizinischen Pyramide zu arbeiten? Wien, AKH, Onkologie. Ein Traum. Ihr »Berater« Sebastian von Austria, glaubt, das wäre keineswegs unmöglich. »Sebastian von Austria!« Und schon prustet sie los und steckt Slavica damit an.

Sebastian, Arzt, HNO, AKH Wien. Sie hat ihn bei einem Seminar eines deutschen Pharmaunternehmens kennengelernt. Besser gesagt, er, Sebastian – dicke Brillengläser, Halbglatze – drängte sich ihr auf. Ein tollpatschiger Casanova, mit unangenehmem Körpergeruch. Aber mit glaubwürdigen Visionen einer realen Zukunft der Frau Doktor Andrijana Popović in seinem Heimatland. Gierig betrachtete er ihr Gesäß und wiederholte ihren Namen: »Popović, Popović …« Idiot, aber ein Idiot mit Einfluss. Zumindest behauptete er das. »Komm erst mal, dann verschaffe ich dir eine Stelle im AKH.«

»Bist du dir sicher?«, fragt Slavica. »Ich meine: ohne Vorbehalt, ohne Zweifel? Immerhin hast du keine Garantien.« Andrijana muss jetzt nicht mehr überlegen: »Ja!«

»Und was wird mit mir und deinen anderen Freunden hier in Belgrad?«

»Ich bin nicht aus der Welt. Man kann schnell für ein Wochenende nach Hause fahren und noch dazu billig. Was sind 40,- €, wenn man gut verdient, und das werde ich in Österreich.«

»Wenn das funktioniert, bist du zu beneiden. Das könnte mich auch verleiten. Aber GV mit einem stinkenden Österreicher deswegen haben zu müssen?«

»Auch mit einem duftenden Österreicher werde ich keinen GV haben, egal, was er anbietet.«

Mit Slavica war es und ist es immer lustig, und beide lachen sie gerne.

Schon als kleines Mädchen war Andrijana für allerlei Späßchen zu haben. Einmal hat sie vor ihrem Vater behauptet, sie könne allein durch die Kraft ihrer Gedanken Dinarmünzen in eine mit Wasser gefüllte Plastikflasche zaubern. Und da Vater, der auch für jeden Scherz zu haben war, das nicht glauben wollte, trat sie den Beweis an. Sie nahm eine leere Plastikflasche, füllte sie mit Wasser und stellte sie auf die Arbeitsfläche in der Küche. Um Schummeln unmöglich zu machen, sollte sich ihr Vater zwischen sie und die Flasche stellen. Dann murmelte sie einige Zaubersprüche und behauptete, es seien schon einige Dinare in der Flasche. Was Vater lachend verneinte. Er könne nichts anderes als Wasser sehen. Genau müsse er hinsehen, verlangte Andrijana, oben durch den geöffneten Flaschenhals. Das tat er auch.

Seine kleine Tochter streckte den Arm nach vorne und drückte kräftig auf die Flasche. Dem Vater schoss das Wasser ins Gesicht und er fuhr erschrocken hoch. Lachend und kreischend lief Andrijana davon und brachte die ganze Siedlung mit ihrer Erzählung zum Lachen.

Und was tat Vater?

Er befestigte die Gießkanne so über der Türe, dass sie sich per Seilzug senkte, wenn die Türe geöffnet wurde. Dann wartete er mit dem Fotoapparat auf die Rückkehr seiner Tochter. Seine Konstruktion funktionierte tadellos. Allerdings sah man auf den Fotos Andrijanas Mutter, nass von oben bis unten. Das letzte Bild ließ für den Fotografen nichts Gutes erwarten.

So war das ihr Leben lang, und alle liebten die kleine Hexe Andrijana.

»Warum kommst du so spät?«, fragt Slavica.

»Das Beste habe ich mir für den Schluss aufgehoben. Du bist das Beste in meinem Belgrader Leben.« Etwas Traurigkeit kommt in Andrijana auf und sie lenkt sich davon ab, indem sie von ihren anderen Besuchen erzählt:

Die alte Tante war die erste gewesen. »Weißt du, was ich ihr von Österreich mitbringen soll?

Klopapier! Sie behauptet, die Blätter des serbischen Klopapiers seien in den letzten Jahren kleiner und dünner geworden. Wahrscheinlich bekommen wir in 10 Jahren nur noch die Verpackung in die Hand, hat sie gesagt. Am Zustand des Klopapiers könne man ermessen, wie schlecht es dem serbischen Staat gehe. Sicherlich gebe es eine geheime Verordnung des Regierungschefs. Slavica lacht und hält sich den Bauch vor Lachen.

Und dann Andrijanas Abschiedsbesuch beim Professor. Der hat sie immer besonders gemocht. Sie brachte ihm eine Flasche Vodka, die der alte Herr gleich öffnen musste. Zuhause hat Andrijana zuvor den Vodka in eine andere Flasche geleert und die Originalflasche mit Wasser gefüllt. Der Professor schenkte zwei Schnapsgläser voll, man prostete sich zu. Der Trinkspruch des Beschenkten, dann der erste Schluck, ein großer Schluck, und danach ein erstaunter Blick. Schlagfertig meinte er: »Hervorragendes Getränk! Sehr magenschonend!« Sie hat ihm lachend die zweite Flasche überreicht. Man trank ein Glas aus dieser Flasche und der Professor sagte: »Auch nicht schlecht, aber billiger Brand. Kratzt im Hals.« Nie verlegen der Herr Professor, eine Seele von einem Menschen und ein großer Pädagoge. Doch seit dem Tod seiner Frau trinkt er zu viel.

Einige Nachbarn hat Andrijana heute besucht, manche hat sie zum ersten Mal gesehen.

In inzwischen weniger als acht Stunden in diesen Bus zu steigen, ist nicht so einfach, wie sie es sich vorgestellt hat. Sie mag die Stadt, auch wenn manches nicht funktioniert, auch wenn sie ihr keine Chance für ein »normales« Leben bietet. Was ist schon normal? Den Ort zu verlassen, an dem man geboren wurde, Kindergarten, Schule, die erste Liebe und den Tod des Großvaters der Mutter erlebt hat, das ist keineswegs einfach. Als würdest du bei deinem Smartphone die Reset-Taste drücken und neu beginnen wollen. Das neue Leben muss erst mit Inhalten gefüllt werden. Andrijana hat Angst vor der Leere, darum hat sie sich an diesem letzten Abend mit Besuchen beschäftigt. Und jetzt ist es Zeit zu gehen.

Slavica nimmt Andrijana fest in die Arme: »Kleine, solltest du es bereuen, du weißt, wo ich auf dich warte. Und jetzt geh, bevor ich mich entschließe, dich nicht loszulassen.« Eine Weile sieht es so aus, als könnten sich die Freundinnen nicht trennen.

»Immerhin gibt es WhatsApp und Facebook, da kann ich dir von meiner Ankunft im Paradies erzählen.

Na ja, die Hälfte der Bewohner des Paradieses wird mich auf den Boden der Realität zurückholen. Für die bin ich ein Wirtschaftsflüchtling, eine die den ...« Slavica setzt fort: »... Fleißigen und Braven den Arbeitsplatz wegnimmt. Du gehörst zu den Fleißigen und Braven. Das werden sie begreifen. Und du wirst denen klar machen, dass du nicht aus einem Dritte-Welt-Land kommst. Zuerst jammern wegen Ärztemangel und wenn die Bestausgebildeten aus Serbien anklopfen, für deren Ausbildung das Gastland keinen Cent gezahlt hat, Empörung?«

»Wenn es denn tatsächlich so sein sollte, dass Sebastian von Austria nicht nur großspurig redet. Falls doch, bin ich schnell wieder zurück bei dir.

Aber jetzt steige ich in diesen verdammten Bus und versuche mein Glück.«

»8:00 Uhr, Gate 35. Die Karte steckt im Außenfach deiner Handtasche.«

»Weiß ich!«

»Ich kenne dich. Jetzt weißt du es. Ich sehe dich morgen früh verzweifelt nach der Karte suchen. Ruf mich an, wenn es so weit ist. Ich kann dir im Tiefschlaf sagen, wo deine Buskarte steckt.«

»Da wäre dann nur ein Problem: Im Tiefschlaf könnte neben dir eine Rakete starten und du würdest es nicht hören.«

»Frechheit!«

Auf dem Weg nach Hause ruft Andrijana ihren Vater an:

»Und? Alles gut?«, fragt er.

»Keine Sorge, ich habe den Abend mit einem köstlichen Kabarettprogramm verbracht.«

»Wenn du das sagst, weiß ich, dass es dir nicht gut geht.«

»Wir Serben sind bekannt dafür zu sagen: Es hätte alles schlimmer kommen können.«

»Ich vermisse dich jetzt schon!«

»Papa, jetzt lass uns doch erst einmal sehen, was passiert. Und sollte es das Richtige sein, hole ich dich nach Wien.«

»Was soll ich da? Hier habe ich alles, was ich brauche. Und das Grab deiner Mutter ist auch hier.«

Vier Stunden vor Abfahrt des Busses liegt Andrijana endlich im Bett. Und sie hat das Gefühl, dass fast alles gut ist. Nur einschlafen kann sie nicht. Ihr Körper schläft, die Seele ist hellwach.

Letzter Tag

Wien, 30. Jänner 2017, 6:00h

»Ich fasse die wichtigsten Fakten zusammen, damit alle den gleichen Informationsstand haben.

Keine Spur in Belgrad. Aber wir wissen, wer es ist: Adib Hamza. Sohn einer von den Amerikanern erschossenen Leitfigur der Al Quaida in Afghanistan. Kein aktuelles Foto verfügbar. Sein älterer Bruder wurde mit hoher Wahrscheinlichkeit im letzten Jahr durch eine amerikanische Drohne ausgeschaltet. Adib Hamzas Motiv: Rache.

Warum ausgerechnet Österreich? Jemand hat in Belgrad Teile seines Gespräches mit einem bosnischen Sympathisanten mitgehört. Österreich sei erreichbar, unzureichend geschützt und bringe eine hohe Öffentlichkeitswirkung. Dazu: ein Freund Amerikas.

Unsere Leute recherchieren im Augenblick alle Reisemöglichkeiten von Belgrad nach Wien. Bei diesem Wetter eine überschaubare Problemstellung. Viele Möglichkeiten gibt es nicht. Allerdings könnte er es bereits geschafft haben, im Land zu sein.

Die Bombe im Koffer ist professionell konstruiert und kann über Handy gezündet werden. Die Sprengkraft reicht, um ein Flugzeug in die Luft zu jagen. Wahrscheinlicher ist es allerdings, dass Adib Hamza das Ding in Wien, an einem Ort des öffentlichen Lebens mit großen Menschenansammlungen, hochgehen lassen möchte. Hoffen wir, dass es aufgrund unserer Arbeit dazu nicht kommt.

Soweit wie möglich haben wir den Schutz der wichtigsten Ziele hochgefahren.«

Busbahnhof Belgrad, 30. Jänner 2017, 7:00h

Sie haben meinen Bruder Jamal ermordet. Nach Ellaha, meiner Mutter, war er mir das Liebste.

Zu Zeiten meiner Ahnen kamen die Russen, sie wollten einen eisfreien Hafen am Indischen Ozean. Dann kamen die Briten, um unsere Rohstoffe zu stehlen. Die Sowjets vergifteten unser Land mit dem Kommunismus. Als ich geboren wurde, kämpfte Vater gegen amerikanische Kreuzzügler. Er starb in diesem Krieg. Ich habe ihn drei Mal in meinem Leben gesehen. Wir konnten seinen Leichnam nicht begraben. »Der Dschihad der wahren Muslime treffe die Kreuzzügler«, rief Bruder Jamal in die große Versammlung der Männer. Kurz darauf war er tot.

Seine Freunde wiesen mir den Weg, um die Wahrheit zu finden. In einer pakistanischen Koranschule erkannte ich Allahs Wille.

Mutter Ellaha und Onkel Tarik versuchten zu verhindern, dass ich als letzter Mann der Familie in den Kampf ziehe. Nicht viel fehlte, und ich wäre geblieben. Weil ich meinen Bruder Sami, der fünf Jahre alt ist, nicht allein lassen wollte. Für ihn bin ich, was Jamal für mich war. Wie ein Vater war Jamal für mich. Wie ein Sohn ist mir Sami.

Onkel Tarik, Lehrer in der Stadt, kam nach Pakistan, fand mich und sagte: »Mutter Ellaha weiß, was du vorhast. Und es zerreißt ihr das Herz.

Wäge ab: Du bist nicht nur der Letzte unserer Familie, der Allahs Strafe an den Ungläubigen vollziehen kann. Du bist auch der Letzte, der Ellaha und Sami ein von Allah gewolltes, gutes Leben ermöglichen kann.«

Doch die Stimmen meines Bruders Jamal und meiner Lehrer sprachen lauter und beständiger. Das Wort Allahs muss in Taten umgesetzt werden. Das Morden der Ungläubigen muss mit gleichen Mitteln bestraft werden.

Jemand versteckte die Bombe in meinem Koffer. Ich kehrte in

die Heimat zurück, um Abschied für immer zu nehmen. Aber ich wusste noch nicht, ob ich der Stimme Onkel Tariks oder der Stimme Allahs folgen sollte. Ich saß in der dunkelsten Ecke des Hauses. Bin ich ein Krieger? Bin ich ein Dichter?

Drei Mal kam Onkel Tarik und sprach mit mir. Die Stimme Allahs blieb, die Onkel Tariks verlor an Kraft.

»Triff sie dort, wo sie es nicht erwarten.« Und ich ging, ohne mich von Mutter Ellaha und Bruder Sami zu verabschieden.

Heute steige ich in den Bus. Wie ist es, wenn alles vergeht? Das Letzte, wird es ein Gedanke, ein Gefühl, ein Geräusch, ein Schmerz sein? Möge mein Bewusstsein zerfetzt sein, bevor ich das blutige Werk, Allahs Rache, ausführe!

Bin ich Werkzeug in seiner Hand? Ich werde 4.1.1.1.7 auf der Tastatur meines Handys wählen. Sein Wille geschehe, nicht der meine, nicht der irgendeines anderen Menschen.

Busbahnhof Belgrad, 30. Jänner 2017, 7:15h
Janis und Farid

Es sind unterschiedliche Eindrücke, die Janis und Farid mit diesem Ort verbinden. Janis ist einige Male hier angekommen oder abgefahren. Auch mit dem 8:00-Uhr-Bus ist sie mehrmals gefahren.

Für Farid, der jetzt nicht Farid sein darf und sich bemüht, in Alexandros Manolis aus Agios Nikolaos zu schlüpfen, war dieser Ort bis gestern nur eine Erlösungsfantasie. Der kleine Park, in dem die Verteilaktionen verschiedener NGOs stattfinden, grenzt an den Busbahnhof. Der Bus aus Wien hält in der Hadži-Nikole Živkovića, an der Rückseite des Parks. Oft beobachtete Farid die Ankommenden, die erste Begegnung mit den auf sie Wartenden. Löste die Freude anderer vielleicht Traurigkeit in ihm aus? Ohne Abfahrt keine Ankunft.

Gestern hat sich das Tor der Gefängniszelle geöffnete. Er ist dabei zögernd durch die Öffnung zu schreiten. Das Risiko ist groß, außerhalb seines Gefängnisses aufgegriffen zu werden. Er fürchtet Stimmen zu hören: »Du bist nicht Alexandros Manolis aus Agios Nikolaos!« Die Stimme eines Freundes, eines Bewunderers, eines Verwandten des Griechen. Oder die Stimme eines Gesetzeshüters: »Du bist verhaftet!« Sein Bild im fremden Pass? Polizisten, Zöllner werden geschult, die neuesten Fälschungsmethoden zu erkennen. Die Beamten legen das verdächtige Dokument auf den Scanner und wissen in Sekundenschnelle alles über das Schriftstück und seinen Besitzer. Ist es als verloren gemeldet worden? Hat Alexandros Manolis sich unerlaubter Aktivitäten schuldig gemacht? Tausend Dinge könnten die falsche Identität verraten. Aber Farid hat den ersten Schritt getan, es gibt kein Zurück. Er muss das Spiel zu Ende bringen. Eine Nacht hat er und einen Tag wird er glaubhaft Janis Ehemann spielen. Das dürfte doch einem begabten Schauspieler nicht schwerfallen? Einer, der auf Teherans wichtigster Bühne den Hamlet gespielt hat?

In der letzten Nacht hat ihn die Rolle vereinnahmt. War es Spiel? Er weiß es nicht. Es ist passiert, was nicht passieren hätte dürfen. Nichts deutet darauf hin, dass die Frau Zweifel an der nächtlichen Aufführung des »ersten Aktes« hat. Im Gegenteil. Die Frau wirkt zufrieden und ruhig. Sie spielt ihre Rolle fabelhaft. Sie hängt sich bei ihrem Mann ein, nachdem der den Taxifahrer bezahlt und die Tasche aufgenommen hat.

Auf der Karađorđeva dröhnt hektischer Verkehr. Die Straßenbahn-Linie 2 pfeift und quietscht rumpelnd vorbei. Janis muss lächeln, sie denkt daran, dass sie in den wenigen Tagen zweimal erlebte, wie eine der antiken Garnituren der Linie 2 nicht mehr weiterfahren wollte.

»Komm, mein Lieber!«, sagt sie und betritt die dunklen Gänge des Busbahnhofs. Vorbei an den Polizisten, die seltsamerweise heute hier stehen. Vielleicht, weil der kalte Wind hier erträglicher ist und die Schneekristalle sie nicht erreichen können? Die Frau spürt Farids Unruhe, aber die Beamten sind mit sich selbst beschäftigt. Eine Prüfung für heiklere Situationen, die bevorstehen. Janis betritt den Schalterraum. Farid tut das, was besprochen wurde: Er bleibt an Janis' Seite. Die Frau kauft die Bussteigkarten. Die mürrische Alte hinter der Scheibe des Schalters zählt jeden Handgriff, den ihr der verdammte Arbeitsplatz abverlangt. Wortlos steckt sie das Wechselgeld, das ihr Janis zurückgeschoben hat, in ihre Jackentasche.

Miteinander sprechen Janis und Alexandros Englisch.

»In zehn Minuten steht der Bus bereit.«

Am Eingang zu den Gates werden die Zugangskarten kontrolliert und entwertet. Es riecht muffig nach undichten Kanälen. Der Košava nützt den Ausgang als Einfallsmöglichkeit. Farid steckt den Kopf in den Pelzimitatkragen des Mantels, den Janis ihm gestern gekauft hat. »Nichts darf verdächtig erscheinen.« Seine dünne Jacke und alle anderen abgetragenen Kleidungsstücke liegen, in schwarzen Plastiksäcken verpackt, im Abfallcontainer nahe Janis'

Wohnung. Die Frau hat sich für die nächsten drei Tage bei der NGO »No way« abgemeldet. Heimaturlaub! Unaufschiebbare Angelegenheiten. Die Wohnung hat sie nicht gekündigt. Trotzdem, sie hofft, so bald nicht wiederzukommen.

Während sie die Gates entlang zu Nummer 35 marschieren, spürt Janis Farids Unruhe. Er bleibt stehen, geht dann doch weiter. Janis kann Farids Aufregung verstehen, aber kontrolliertes Handeln in den nächsten Stunden entscheidet darüber, ob sie in einem serbischen, ungarischen, österreichischen Gefängnis landen oder in ihrer Wohnung in der Josefstädter Straße im schönen Wien. Und wenn schon Gefängnis, dann lieber ein österreichisches, was so viel heißt wie: Über die ungarisch-österreichische Grenze hinaus muss das »Schauspiel« funktionieren. Wenn man Nickelsdorf hinter sich gelassen hat, müsste es schon mit dem Teufel zugehen, sollten sie das Ziel nicht erreichen können.

Beim Gate 35 warten nur wenige Personen. Alle sind damit beschäftigt, sich der beißenden Kälte zu erwehren. Ein alter Mann hat sich aus Zeitungspapier eine Haube gefaltet, sieht aus wie Pieter Bruegel auf seinem Selbstporträt.

Eine Durchsage bringt Leben in die Szenerie. Gemurre, Gestampfe, Bewegung in alle Richtungen. Janis weiß nicht, ob sie verstanden hat. Sie wendet sich an das beeindruckend schöne Mädchen, das gleichgültig stehen geblieben ist. Bevor sie ihre Frage stellen kann, spürt sie Farids Hand an ihrem Arm:

»I must tell you something … «

»Yes, my dear. Just a moment.” In Serbisch spricht sie die Schöne an. Andrijana erklärt freundlich, was verlautbart wurde: Es gebe Probleme mit dem Bus. Eine Stunde Verspätung. Sie wolle hier in der Kälte ausharren. »Man weiß nie. Ich traue den Durchsagen nicht.«

Farid steht neben den beiden Frauen, versteht nicht, worüber gesprochen wird. Worüber er sich klar ist: Er muss Janis sagen, was er ihr verheimlicht hat.

Andrijana verspricht, Janis zu informieren, sollte der Bus früher eintreffen. »Wir warten im Café.« Sie zieht Farid hinter sich her.

Bei der Durchgangsschleuse wird Janis von wienerischem Dialekt abrupt zum Stillstand gebracht: »Grüß Gott gnädige Frau!« Fast wäre Farid über Janis Fuß gestolpert. Entgeistert steht sie da, als wäre ihr Kaiser Franz Josef persönlich begegnet. Oder, besser gesagt, ein Zombie des Monarchen.

»Das hätten Sie sich nicht gedacht? Ein Mann des Volkes reist wie alle anderen mit dem Bus.« Der Mann lächelt sie keck an, hält ihr die Hand hin, die sie automatisch nimmt. Hubert K.. Janis erinnert sich zu gut an die Live-Diskussion im Radiokulturhaus. 2015 auf dem Höhepunkt der ersten Flüchtlingswelle. Ö1 brachte die heftige Auseinandersetzung verschiedener »Experten« unter dem Thema: »Willkommenskultur, Rechtsbruch oder menschenrechtliche Notwendigkeit?«

Untertext des Programmheftes: »Am 14. Juni 1985 unterzeichneten die Regierungen der Staaten der Benelux-Wirtschaftsunion, der Bundesrepublik Deutschland und der Französischen Republik ein Abkommen, betreffend den schrittweisen Abbau der Kontrollen an den gemeinsamen Grenzen. In diesem Übereinkommen vereinbarten die Staaten, auf Kontrollen des Personenverkehrs an ihren gemeinsamen Grenzen zu verzichten. Das Abkommen sollte die Schaffung eines europäischen Binnenmarktes vorantreiben.

Heute stellt sich die Frage, ob die sogenannte »Willkommenskultur« einen Rechtsbruch im Zusammenhang mit Schengen oder eine menschenrechtliche Notwendigkeit darstellt.«

Hubert K., Vertreter der Populisten. Janis, Sprachrohr der auf den griechischen Inseln aktiven NGOs. Man ist sich gegenseitig nichts schuldig geblieben:

»Statt ordentlicher Sicherheitskräfte finden sich vor Ort Personen wie Frau Manolis … Entschuldigen Sie, ist Ihre Scheidung inzwischen durch?« Er nützte Janis' Verblüffung und die Unfähigkeit des Diskussionsleiters. »Entschuldigen Sie, ich wollte nicht zu persönlich werden, betrachten wir das Ganze auf einer sachlicheren Ebene«, fuhr K. fort, Janis' Schreckmoment nützend: »Menschen, die sich in nicht unerheblichen Lebenskrisen befinden, glauben diese bewältigen zu können, wenn sie Menschen in dramatischen Lebenskrisen zu Hilfe eilen. So – nur ein Beispiel von vielen – geschehen auf Chios durch die NGO »No way«. »No way« wurde zum Glück dort von den griechischen Behörden die Genehmigung für Flüchtlingshilfe entzogen. Man kann Chaos nicht mit Chaos bekämpfen. Geben Sie mir recht, Frau Manolis?«

Ihre spontane Antwort von damals hat sich Wort für Wort in ihr Gedächtnis gebrannt:

»Lieber Herr K.. Meine Art ist es nicht, aus zweifelhaften Quellen stammende, klagbare Aussagen zu tätigen. Viel mehr frage ich mich, welche Lebenskrise einen Menschen dazu bringt, Mitmenschen, die vor Krieg und Elend flüchten, entweder erst gar nicht auf sicheres Gebiet kommen oder sie im Mittelmeer ersaufen oder auf Chios verhungern zu lassen …«

»Verhungern« hätte sie nicht sagen sollen, denn auf diese Übertreibung baute K. seine nachvollziehbare Argumentationskette weiter: Hungersnot in den Flüchtlingscamps sei eine bewusste Falschaussage der »Gutmenschen«. K. ist rhetorisch geschult, bis ins letzte Eck seiner Ganglien. Sie aber sprach aus Leidenschaft und ehrlicher Überzeugung. So ist eine Mediendiskussion nicht zu gewinnen. Was sich auch schnell zeigte.

Bei der Verabschiedung meinte K.: »Nichts für ungut, Frau Manolis. Wir schätzen engagierte Bürger. Aber im politischen Geschäft muss manche Botschaft drastisch formuliert werden, sonst hört uns keiner zu.«

Damals konnte sie nichts darauf antworten. Und jetzt steht da derselbe Mann vor ihr und fragt:

»Sie können mir sicher sagen, wo ich Gate 35 finde?«

Am liebsten würde sie ihn in die falsche Richtung schicken, aber was brächte das schon. Herr K. wird mit diesem Bus fahren, so oder so. Sie streckt den Zeigefinger in die richtige Richtung. »Zahlen lesen können sie?« K. zieht den Hut: »Frau Manolis! Herr Manolis, wie ich annehmen darf? Sehr erfreut. Man sieht sich?« Er grinst herausfordernd.

Janis stapft sprachlos davon. Herr Manolis hinter ihr her.

– Am besten ignorieren! –

Die Gedanken von Janis wandern während der wenigen Schritte zum Café in das Labyrinth der Erinnerung:

2015 lebte sie noch in Agios Nikolaos. Die Arbeit in der NGO hat sie begonnen, um etwas Sinn in die Trostlosigkeit des Verlorenen zu bringen. Verloren schien ein sorgloses, üppiges Leben an einem der schönsten Orte der Welt. Verloren schien die Liebe. Vor allem das: die Liebe.

Man kann in ein aufgewühltes Meer ein Schiff setzen. Ein winziges Fleckchen festen Bodens inmitten des Chaos, welches dem Auf und Ab trotzt und die Hoffnung, das alles zu überstehen, am Leben erhält.

Schnell wurde sie mit zentralen Aufgaben betraut. Sie übernahm die Medienarbeit der NGOs mit großem Erfolg. Zeitungen, Radio, Fernsehen wollten von ihr wissen, was vor Ort auf Griechenlands Inselwelt nahe der türkischen Küste passierte. Durch ihre offene, ungekünstelte Art des Erzählens schaffte sie sich rasch ein Publikum. Sie tat nichts anderes, als von dem zu reden, was sie gesehen, gehört, gerochen, gespürt hatte. Janis besuchte die Hotspots, an denen »No way« und andere NGOs tätig waren und sammelte Eindrücke. Chios, Lesbos, Kos, Samos, Leros. Besonders auf Lesbos und Kos, wo täglich – von Schleppern in seeuntaugliche Boote gesetzt – bis zu fünfhundert Flüchtlinge strandeten, herrschten chaotische Zustände. Es fehlte so gut wie alles. Es gab keine Schlafplätze, keine Nahrung, keine medizinische Hilfe. Die Einwohner der Inseln versuchten trotz eigener Not ihr Möglichstes. Sie teilten das wenige, was sie besaßen. Die »Daily-Mail« schrieb über die Zustände auf Kos die Worte: »Ekelhaftes Höllenloch«. Die Bezeichnung stammte von Janis, wenn auch in völlig anderem Zusammenhang. Die NGOs leisteten ihre Hilfe unter Strafandrohung der Behörden. Janis, die den bedenklichen Zustand des Landes gut kannte, versuchte die Aufmerksamkeit der Medien auf die Verantwortung Europas zu lenken. Es kam zu einer legendären Pressekonferenz, bei der Janis auf vielen Bildschirmen des Kontinents zu sehen war:

»Unsere Politiker können nicht einerseits den Griechen ihre Lebensgrundlage nehmen, um einige unserer Banken unter dem Schlagwort »Too big to fail« zu retten: gekürzte Löhne, ein zusammenbrechendes Gesundheitssystem, halbierte Pensionen als Folge all dessen. Und gleichzeitig fordern diese Herren, dass das Land die EU-Außengrenze schützt und laut Schengen-Abkommen Tausende Flüchtlinge menschenwürdig versorgt und sie ja nicht in die reichen Staaten weiterwandern. Wenn die Regierungen der Reichen den Ärmsten die Hilfe verweigern, ihr Elend durch ihr Handeln ins Unermessliche steigern, müssen wir Bürger die Sache in die Hand nehmen. Millionen Tropfen ergeben ein Meer.

Tun Sie, was ihnen möglich ist.«

Und dann passierte etwas, womit sie niemals gerechnet hatte. Alexandros, ihr Mann, stand im Hafen von Chios vor ihr. Nichts unterschied ihn von den heruntergekommenen Geflüchteten.

»Die ganze Welt versuchst du zu retten, deinen Mann lässt du verkommen?«, sagte er, nachdem sie ihm einen Griechischen Kaffee bezahlt hatte. »Du vergisst dabei eines: Du warst es, der mich verlassen hat.«

Drei Tage dauerte es, bis der Stolz des Griechen hinter abgewiesenen Vorwürfen, ungestilltem Liebesdurst und nicht behandelten Seelenwunden hervortrat. Böse beschimpfte Alexandros seine Frau. Er stellte ihr ein Ultimatum, nach dessen Ablauf er zu allem fähig sei. Janis lag in der darauffolgenden Nacht auf irgendeiner Luftmatratze und ängstigte sich zu Tode. Tags darauf kam die Anfrage aus Wien: »… hochkarätig besetzte Diskussionsrunde zum

Thema: Willkommenskultur, Rechtsbruch oder menschenrechtliche Notwendigkeit? …« Sie überlegte nicht lange, nahm den Strohhalm und flüchtete vor Alexandros, dem sie seitdem nicht wieder begegnet ist.

Das Café am Belgrader Busbahnhof ist für Janis und Farid ein vertrauter Ort. Hier haben sie in den ersten Tagen ihrer Bekanntschaft die Gespräche geführt, die sie einander immer näher gebracht hatten. Das Café strahlt die herbe Hässlichkeit kommunistischer Zweckbauten aus. Bei so einem Wetter ist der aus Glas und Aluminium geformte Kobel gut gefüllt. Dicker Zigarettenqualm hängt in der Luft. Für Nichtraucher wie Janis eine Herausforderung. In der hintersten Ecke ist ein Tisch frei.

Gleich nachdem sie Platz genommen haben, versucht Farid ein zweites Mal der Frau das zu sagen, was er bisher nicht ausgesprochen hat. Nein, eigentlich hat er nichts verheimlicht, es gab keine Notwendigkeit, darüber zu reden, bis heute Morgen. Wieder unterbricht Janis ihn:

»K. ist nicht zu unterschätzen. Er hatte bei dieser Diskussion Informationen über alle Teilnehmer auf dem Tisch. Ich hoffe, er hatte in seinen Unterlagen kein Foto des Rembetikospielers Alexandros Manolis. Das könnte ein Problem werden. Dem traue ich alles zu. Was wolltest du sagen?«

Farid weiß nicht, ob das nun der richtige Zeitpunkt ist. Janis ist mit anderen Dingen beschäftigt.

»Sag!«

Farid zögert. Janis winkt dem Kellner. Ein dicker, unbeweglicher Mann, mit fettversunkenen Äuglein, der das Fräulein hinter der Theke ordentlich herumscheucht und sich von Janis Winken nicht beeindrucken lässt.

»Ich habe mit meiner Frau Ziwa heute Nacht telefoniert«, sagt Farid, der Alexandros ist.

Janis sieht aus, als wären alle Glasscheiben des Lokals zersprungen, in Kälte erstarrt: »Wie … was?«

Farid blickt sie lange schweigend an, dann versucht er es ein zweites Mal: »Ziwa, meine Frau …«

Abrupt dreht Janis sich von ihm weg, sieht hinaus ins Winterchaos. Sie fährt herum, und ihre Stimme ist so laut, dass alle im Raum sie hören können:

»Hätte ich gewusst, dass im Iran eine Frau auf dich wartet, hätte ich mich auf das hier nicht eingelassen.« Schon tun ihr die Worte leid.

Wieder bei Sinnen schaut sie um sich. Manche erwidern ihren Blick, keiner dürfte ihre Worte verstanden haben. Oder doch? Einer, am zweiten Tisch in der Ecke, direkt neben ihr, nickt grüßend, lächelt. Irgendwie gequält sieht er aus, obwohl er das zu verbergen versucht. Bisher ist Janis der ältere, feine Herr nicht aufgefallen. Sein Kopf war über den Schirm seines Notebooks geneigt. Janis nickt zurück, versucht ein Lächeln. Sie beugt sich in die Richtung des alten Herrn:

»Entschuldigen Sie, wenn ich gestört haben sollte.«

»Ich war einige Zeit weg, schön meine Muttersprache zu hören. Gestatten, dass ich mich vorstelle: Bruder Martin.«

Janis fragt nach, erfährt, dass sie »dem« Bruder Martin gegenübersitzt. Einer der Letzten, die Viktor Frankl persönlich kannten. Experte für Logotherapie und Existenzanalyse. Janis hat Martins Buch »Erinnerungen an einen großen Mann« gelesen. Bruder Martin hat Frankls Werk in Südeuropa populär gemacht. Vor allem in Italien, wo er – wie in der Autorenbeschreibung zu lesen – seit einigen Jahrzehnten lebt.

»Sie schreiben an einem neuen Buch?« Bruder Martin muss weitsichtig sein, so groß gestellt ist die Schrift am Bildschirm. Brille trägt er keine. Die letzten Zeilen kann Janis entziffern:

Das einzig Ungeheuerliche, gegen das der Mensch nicht gewinnen kann, ist der Tod.

Viktors Antwort: Lebe und verwirkliche das Deine im Hier und Jetzt, angesichts deiner Vergänglichkeit. Begib dich in den Speicher deines gelebten Lebens und schaue auf deine Werke, Erlebnisse und »Erliebnisse«, sowie auf das Erlittene. Es bleibt unverlierbar und ewig wahr. Der Tod kann diese Wahrheit nicht auslöschen.

Du irrst Viktor!

Janis schämt sich, als hätte sie in fremden Tagebüchern gelesen. Und das nicht einmal heimlich.

»Nein!«, antwortet Bruder Martin und seine Festigkeit verliert sich. Er klappt das Notebook zu.

»Entschuldigen Sie meine Indiskretion. Ich will Sie nicht weiter stören!«, murmelt Janis.

»Wohin reisen Sie?«, fragt Bruder Martin.

»Wir nehmen den 8-Uhr-Bus, der jetzt schon fast ein 9-Uhr-Bus ist, nach Wien.«

»Dann haben wir denselben Weg.«

»Ich verspreche, meinem Mann Alexandros keine weiteren Vorwürfe coram publico an den Kopf zu werfen.« Ein schelmisches Lächeln. »Zumindest nicht in unserer gemeinsamen Muttersprache.«

Bruder Martin erwidert das Lächeln. Die Frau wendet sich um, ihr Blick trifft Farid, der verschreckt in seiner Ecke sitzt. Sie beugt sich zu ihm: »Du bist verheiratet?«, zischt sie ihn an.

Busbahnhof Belgrad, 30.Jänner 2017, 7:30h
Andrijana und Hubert

Man hat Hubert K. gesagt, der Bus sei voll besetzt, er solle trotzdem zur Abfahrt kommen, immer falle jemand aus. Jetzt ist es 7:30-Uhr, und der Bus müsste schon dastehen. Es sieht aus, als wäre kein Bus auf 35 zu erwarten, im Gegensatz zu den anderen Gates tut sich hier nichts. Stillstand.

K. blickt um sich, die schöne Serbin fällt ihm auf: »Entschuldigen Sie!« Ihre großen Kaffeeaugen schauen ihn an. »Sprechen Sie Deutsch?« K. nimmt den Hut vom Kopf. – Sollte mich jemand hypnotisieren wollen, bitte anstelle des Pendels diese Augen verwenden – denkt es in ihm. – Wow! –

»Ja!«, antwortet Andrijana, die weiß, diesen Mann schon irgendwo gesehen zu haben.

»Können Sie mir sagen, wo der Bus nach Wien bleibt?«, fragt K..

»Keine Sorge! Er kommt! Die Frage ist wann.« Andrijana hat bei ihrer Privatlehrerin gelernt, Deutsch auf höchstem Niveau – C1 – zu sprechen. Eine gute Voraussetzung, um als Ärztin in Wien arbeiten zu können. Und plötzlich fällt ihr ein, dass sie den Mann im österreichischen Fernsehen gesehen hat. »Angekündigt wurde eine Stunde Verspätung, was als Wahrscheinlichkeit betrachtet werden sollte. Aber Sie, in Ihrer Position, hätten Sie nicht bequemere Reisemöglichkeit zur Verfügung?« Sie lächelt den Mann an.

»Ah, das ist erfreulich, wenn man im Ausland erkannt wird.« Er deutet lächelnd einen Handkuss an. »Oder sollte es als versteckte Kritik an den Privilegien der Politiker verstanden werden?

Man glaubt es nicht, es gibt heute keine andere Möglichkeit, von Belgrad nach Wien zu kommen. Der Flugverkehr im Stillstand, Wetterchaos. Kleinbusse: ausgebucht! Leihautos? Für die Luxusmodelle, die noch zu haben sind, will man horrende Summen … ganz abgesehen davon, dass ich nur ungern weite Strecken allein fahre, noch dazu bei dieser Wetterlage. Obwohl, in ihrer Begleitung?« Er fühlt sich charmant. »Bleibt der Bus, und da bin ich. Leider keineswegs sicher, dass man Platz für mich findet.«

K. will wissen, mit wem er es zu tun hat. Die freundliche Schönheit scheint nicht verlegen zu sein. Im Gegenteil, aber das darf Mann ja nicht einmal denken.

Und als die Meldung der Verspätung wiederholt wird, und Andrijana übersetzt, dass der Bus tatsächlich erst um 9:00 Uhr eintreffen werde, nutzt K., die Gelegenheit, und lädt sie zu einem heißen Getränk ein.

»In so netter Gesellschaft«, sagt K.. – Sei vorsichtig! –, denkt K..

Ob sie ein Selfie schießen dürfe, fragt Andrijana, und bevor K. sich noch recht entscheiden kann, spürt er Andrijanas Körper an seiner Seite, der Duft ihres Parfums, irgendetwas Zartblumiges. »Lächeln!« Er legt seinen Arm um ihre Hüfte. – Sei vorsichtig!

Ach! Scheiß drauf! –

Lachend sehen sie sich gemeinsam die Fotos an. Das schwarze Haar der jungen Frau kitzelt K.'s Schläfe. »Sie müssen mir die Bilder schicken«, sagt er, bietet seinen Arm an und führt seine Eroberung zum Café. »Einverstanden!«

– Das hat noch gefehlt –, denkt er, als er durch die Glaswand hindurch das Ehepaar Manolis im Café sitzen sieht. – Die Frau ist fähig, die Situation für ihre Zwecke zu nutzen. Ein weiterer dummer Bericht in den Boulevardmedien, und das Schlamassel ist perfekt. – Aber was ist dagegen einzuwenden, wenn er mit einer jungen Frau gesehen wird? Politisch wenig. Seine Wähler mögen das – den Anwalt der »scheidungswilligen« Helga könnte das schon mehr interessieren. Was ist das für ein Leben, wenn man Tag und Nacht darauf achten muss, nicht erwischt zu werden. –

Entschlossen öffnet er die Türe. Er findet zwei leere Stühle an einem Tisch. Der alte Mann, der da sitzt und Rakija trinkt, versteht bestimmt kein deutsches Wort.

Mit unfreundlichem Blick verfolgt Frau Manolis die Eintreffenden.

– Jeder hat einen wunden Punkt. Angriff ist die beste Verteidigung. Herr Manolis sieht verunsichert aus. – Außerdem hat Hubert ein anderes Bild dieses Mannes im Kopf, das kam ihm vorhin schon seltsam vor.

Warum eine so aparte junge Frau nach Österreich reise, will K. von Andrijana wissen. Und sie erzählt von ihrem Wunsch, im AKH zu arbeiten, dem besten Krankenhaus der Welt. – Wirtschaftsflüchtling! – denkt K. und sagt: »Gut ausgebildete Spitzenkräfte in Mangelberufen sind uns willkommen in Österreich. Wenn dann noch so exzellent Deutsch gesprochen wird, stehen alle Türen offen!« Er könne das arrangieren. Die Krankenhausleitung sei ihm etwas schuldig.

Die Schöne strahlt, eine so schnelle positive Entwicklung ihres Vorhabens war nicht zu erwarten.

Hubert lässt sich von Andrijana zu einem Glas Rakija überreden. Es sei nicht ihre Art, so früh Alkohol zu trinken, aber dieser Morgen habe etwas Besonderes verdient. Trotz angenehmer Plauderei in aufregender Gesellschaft überschatten die dunklen Wolken der letzten Stunden K.'s Wahrnehmung. Gerade jetzt, in diesem Augenblick, was passiert in Wien, das ist die große Frage. Es kostet ihm Mühe, den Schein zu wahren. Er sollte sich mit Karl, seinem Anwalt, absprechen.

Hätte er nicht um 5:00-Uhr morgens sein Smartphone ins WLAN des Hotels eingewählt, säße er jetzt nicht hier, in diesem scheußlichen Café und würde mit der Schönheitskönigin Serbiens Schnaps trinken. Die Schlagzeile der Kronen Zeitung jagte ihn aus dem Bett: »K. VOR RÜCKTRITT?« – Ausgerechnet die Krone. Wir hätten sie uns damals kaufen sollen. Sobald wir regieren, werde ich dieses Versäumnis korrigieren. –

Auf welchem Mist die Schlagzeile gewachsen ist, muss er schnellstens herausfinden. Es gibt sie noch, die Gegner in der Partei, jene, die nicht begreifen wollen, wie man das Voting der Massen lenkt. Und das will etwas heißen, wo doch inzwischen die meisten Mitbewerber versuchen, rechts-nationale Positionen zu besetzen. Bei populistischen Ködern beißen die meisten »Wahl«-Fische. Ein politisches Anglerparadies, das es zu verteidigen gilt. Es gibt noch Idioten, die das Fischen in diesem Wasser für unzulässig erklären. Ewig-Gestrige, die ihm und seinen Freunden vorwerfen, die Ewig-Gestrigen zu sein.

Er hat dann Fritz per WhatsApp kontaktiert. Was das denn solle? Ob da jemand nicht ganz bei Trost sei? Und Fritz hat sich gewunden und lamentiert. Das habe nichts mit Positionskämpfen in der Partei zu tun. Die Gegner seien doch mehr oder minder zum Schweigen gebracht.

Die Schreiberlinge hätten ihre Informationen nicht aus der Partei. Das wollte K. erst nicht so stehen lassen. Wer sonst sollte Interesse daran haben, ihm zu schaden?

»Denk nach«, meinte Fritz, »da gibt es genügend Potenzial beim politischen Mitbewerber. Such es dir aus: Rot, Schwarz, Grün?«

Er holte Karl mitten aus einem Klientengespräch.

»Hör mal!«, sagte der. »Das muss jetzt schon sehr wichtig sein. Ich bin dein Anwalt, aber von dir allein kann ich nicht leben. Ich habe einen zahlungskräftigen Frühaufsteher im Büro.« Er werde zurückrufen.

»Nur eine Frage: Gibt es neue Entwicklungen im Scheidungsprozess?«

»Dachte ich es mir«, antwortete Karl, »dass es darum geht. Deine Helga weiß zu viel von dir nach zwanzig Jahren Ehe.«

– Nein –, dachte K. nach dem Gespräch, – so etwas würde Helga nie tun. Abgesehen davon, dass sie dafür viel zu einfältig ist. Infame Kriegsführung? Nicht ihr Metier! –

Er hatte versucht, sich am Frühstücksbuffet des Hotels zu entspannen.

Warum musste diese Serbien-Reise ausgerechnet jetzt sein? Er hätte auf seine Intuition setzen sollen. Von Anfang an hat er an der Sinnhaftigkeit dieses Vorhabens gezweifelt. Die serbischen Freunde hätten einen anderen Termin problemlos akzeptiert. Immerhin versprach sein Besuch für sie eine Aufwertung im europäischen nationalen Lager.

Gegessen hat er nur Kleinigkeiten. Kaffee hingegen hat er zu viel getrunken.

Die ganze Tragik seiner Trennungsgeschichte mit Helga stand ihm vor Augen. Es gab Zeiten, da genoss er die uneingeschränkte Bewunderung der Miss Niederösterreich. In ihrer Gegenwart fühlte er sich von Anfang an wie derjenige, der in den folgenden Jahren aus ihm wurde: Ein Mann, an dem niemand vorbeikam. Ein politisches Schwergewicht. Er ist nicht der Größte und trug schon als Kind dicke Brillen, um sich in der Welt zurechtzufinden. Vaters Satz: »Aus dem wird nie etwas!«, geistert bis heute durch seinen Kopf.

Das Schlimmste, was er erlebt hat? Als Vierzehnjähriger stieg er voll freudiger Erwartung in die Burschenschaft ein. Die – in heiterem Zustand – gesprochenen Worte eines »Alten Herren« brachten sein Selbstbild ins Wanken: »Leider sind die Zeiten vorbei, in denen man geistig und körperlich fehlgebildete Individuen als nicht … akzeptabel betrachtete!« Schnell brachte man den »Alten Herrn« zum Schweigen. Derartiges durfte nicht einmal in geschlossener Gesellschaft laut gesagt werden. Dem jungen K. standen seine körperlichen Unzulänglichkeiten vor Augen.

Es gibt zwei Möglichkeiten, erkannte er einige Tage später: Entweder zerbrach ihn dieses Dilemma. Oder er bewies der Welt, dass körperliche Unzulänglichkeiten durch intellektuelle Fähigkeiten mehr als wettgemacht werden konnten. Er wollte geliebt sein. Wie besessen stellte er sich den schulischen Herausforderungen, wurde Klassenbester, Klassensprecher, Schulsprecher. Seine rhetorischen Fähigkeiten erstaunten die Professoren. Reden, die er hielt, weckten Anerkennung und Lob bei den Lehrenden und Begeisterungsstürme bei den Mitschülern und nicht wenigen Mitschülerinnen. Es folgten herrliche Erlebnisse mit aufregenden körperlichen Experimenten. Eine seiner kompromisslosesten weiblichen Anhängerinnen zu Zeiten des Studiums war: Helga. Helga, die hübscheste Philosophie-Studentin.

In diesen Jahren änderte sich seine körperliche Selbstwahrnehmung. Alle Welt schien plötzlich kleine Menschen zu lieben, vor allem die weibliche Welt. Und dicke Brillengläser betonten intellektuelle Ausstrahlung. Helga meinte: »Sie ziehen hypnotisch die Aufmerksamkeit auf deine Augen. Und von dort ist es nicht weit zu deinem Mund, aus dem deine unschlagbare Rhetorik kommt.«

Je kaltschnäuziger er bei seinen Reden auftrat, umso mehr Wirkung konnte er erzielen.

Die Partei vertraute ihm ein für sein Alter wichtiges Aufgabenfeld an. Er begann Reden zu schreiben für die Männer des innersten Kreises. Oft saß er zu Hause vor dem Fernseher und hörte sich seine Reden an, die ein anderer vortrug. Das erstaunliche Wachstum der Partei ist auch ihm zu verdanken. Das wissen die »Freunde«.

Er heiratete Helga einige Jahre später. Kinder waren bei dem unsteten Leben des jungen Paares kein Thema. Beide schlossen sie ihr Studium nie ab. Für ihn gab es wichtigere Herausforderungen.

Und jetzt? Zwei Jahrzehnte später?

Er hat sie im Stich gelassen. Nein, eine andere Frau gab es nicht, nicht dauerhaft. Sein Leben war die Partei. Helga kam an zweiter Stelle. Dann rutschte sie, aufgrund ihres Verhaltens, hinunter, auf die letzte Stelle.

Seinem Parteifreund und Anwalt Karl gefiel die Sache von Anfang an nicht: »Du stehst für ein Wertesystem, in dem eine Scheidung nicht vorkommt.« Karl sprach mit Helga. Erfolglos. Karl sprach mit Helgas Anwalt. Man vereinbarte eine stille Lösung, sofern Helgas materielle Absicherung nach ihren Wünschen garantiert werde. Hubert unterschrieb ein leeres Mediationspapier, das Karl mit den für seinen Klienten bestmöglichen Vereinbarungen zu befüllen gedachte. Zwei Tage vor Huberts Abreise nach Serbien, legte Karl ihm das von der Scheidungswilligen nicht unterschriebene Papier wieder vor. Hubert staunte nicht schlecht. Helga habe süffisant lächelnd gesagt: »Derartiges sei demnächst nicht mehr notwendig!« Was meinte sie damit? Was wollte sie ihm ausrichten? Gefühle des Misstrauens krochen in Hubert empor. Anscheinend zu Recht.

Helga allein war die Falschmeldung in der Krone nicht zuzutrauen. Es steckte mehr dahinter. Keiner der eigenen Partei kann ihn zu Fall bringen. Aber ein Komplott gegen ihn zu inszenieren, das ist manchem zuzutrauen. Rund um ihn lauern Straßenköter. Wie steht es mit Fritz? Einmal waren sie gute Freunde ... der Sache wegen. Ab und zu gab es Missverständnisse, manchmal focht man Kämpfe aus. Helga und Fritz verstanden sich prächtig. Zu prächtig? Sollte der Wind von dort her wehen? Darum muss er auf schnellstem Weg nach Wien. Nicht wegen der Scheidung, wegen des politischen Schachspiels, in dem seinem König ein Schachmatt angesagt werden könnte. Ein, zwei weitere Züge des Gegners, gegen die er nichts unternahm, und das Spiel war zu Ende. Sein Gegner hat ihn angezählt: »Schach!« Aber gegen wen spielt er?

Aus den Augenwinkeln sieht er, wie Frau Manolis das Handy in seine Richtung hebt und mehrmals abdrückt. Auch die serbische Schönheitskönigin hat es bemerkt. Sie nimmt seine Entgeisterung wahr und lächelt: »Du entkommst deinen Fans nirgendwo!«

»In diesem Fall weiß ich, dass es sich um feindschaftliche Aktivitäten handelt.«

»Woher kennst du diese Frau?«

»Lange Geschichte! Es wird Zeit, Herrn Manolis auf den Zahn zu fühlen.«

Er findet Free WLAN, lockt sich ein. »Alexandros Manolis« tippt er in die Suchmaschine. Schon mit dem ersten Eintrag entspannen sich seine verkrampften Schultern: »Sieh einmal an. Was haben wir denn da? Herr Manolis hat anscheinend einige Schönheitsoperationen hinter sich gebracht«

Busbahnhof Belgrad, 30.Jänner 2017, 7:45h
Martin

Den Satz, mit dem die Frau am Nebentisch ihren Mann anzischte, konnte Martin nicht überhören. Besser gesagt, er las ihn ihr zusätzlich von den Lippen ab, denn die Geräuschkulisse im Busbahnhofs-Café erschwert die akustische Wahrnehmung: »Du bist verheiratet!?«

Sein Kopf beginnt zu schmerzen und ein leichter Schwindel verschleiert die Wahrnehmung. Er kennt das inzwischen. So plötzlich, wie es kommt, verschwindet es wieder. Die Fantasie ist das Problem: Was alles könnte in seinen grauen Zellen in diesem Moment geschehen? Er hat Angst, dass es Schwarz wird, für immer. Eine Schwärze, die sein Bewusstsein erdrückt. Er versucht sich auf andere Gedanken zu bringen. Man muss sich auch von sich selbst nicht alles gefallen lassen. Gedanken formen Gefühle.

Ob es eine Feststellung der Frau am Nebentisch war oder eine Frage? Das lässt sich nicht zweifelsfrei beurteilen. Im ersten Fall könnte die Ursache der Botschaft ein Fehltritt des Ehemannes gewesen sein: »Du bist verheiratet!«

Es könnte aber auch die Frage einer Geliebten gewesen sein: »Du bist verheiratet?«

Um richtige Schlüsse zu ziehen, darf nicht vergessen werden, dass die Frau betont von »ihrem Ehemann« Alexandros gesprochen hat.

Martin öffnet das Notebook und denkt: – Noch nicht zu Hause und schon in die wohlbekannte Rolle geschlüpft: Beziehungstherapeut. – Das kennt er, das gibt Sicherheit. Gleichzeitig die bohrende Feststellung: – Das tust du, weil du Angst hast, nicht mehr lange solche Fragestellungen beantworten zu können. – Seit der Diagnose hat er sich zurückgenommen. Er kann nicht mehr arbeiten wie zuvor.

Er will sich auf die auf den Bildschirm zurückgeholten Sätze konzentrieren, doch das Erlebte lässt ihn nicht zur Ruhe kommen.

Er wendet sich der Frau zu: »Entschuldigen sie, wenn ich nochmals störe. Manolis? Sie kommen aus Griechenland?« Martin dechiffriert so etwas wie Erschrecken bei der Frau, nur kurz flackert es auf in ihrer Körpersprache: »Mein Mann ist Grieche. Ich bin Österreicherin. Zwischenzeitlich haben wir auf der Chalkidike gelebt. Agios Nikolaos! Wird Ihnen nicht bekannt sein. Kleines Dorf auf Sithonia. Aber schön!«

»Was für ein Zufall! Ich habe die letzten Tage auf Athos verbracht. Sithonia befindet sich vom Kloster Dionysiou in Sichtweite. Ein wenig Griechisch habe ich mir angeeignet. Würde mich freuen«, er nickt Farid zu, »meine Sprachkenntnisse zu festigen.«

Janis schüttet den serbischen Kaffee so heftig in sich hinein, dass der Bodensatz an ihren Lippen kleben bleibt. Zu hektisch wischt sie mit der dünnen Serviette den braunen Sud weg: »Sie müssen entschuldigen! Wir sind dabei, uns von Griechenland zu verabschieden.« Janis spürt, wie durchschaubar die Ausrede wirkt. Sie versucht ihre Erklärungen glaubhafter auszuschmücken: »Alexandros hat geschworen … Sie wissen, Korruption, Staatsbankrott … die Herrn Politiker haben unsere Lebensgrundlage vernichtet … Alexandros hat geschworen, kein griechisches Wort zu sprechen, solange die Herren nicht zur Verantwortung gezogen werden. Seine Landsleute kennen und lieben ihn, er ist der Schöpfer ihrer Lieder. Schweigt er, ist das ein mächtiges Zeichen. Hunderte gehen seinetwegen still bei Protestmärschen durch Athen.

Vielleicht können wir beide zusammenlegen, was bei uns an griechischem Vokabular vorhanden ist?« Sie lächelt, und das Lächeln wirkt irritierend.

Bruder Martin entschuldigt sich. Er verstehe. Man möge ihm die Aufdringlichkeit entschuldigen. – Seltsam! –, denkt er und wendet sich seinem Notebook zu. – Was stimmt nicht? –

Er blättert im digitalen Tagebuch:

22.12.2016, 8:00h Athos, Ouranoupoli – Kloster Moni Dionysiou

Das kleine Boot schaukelt besorgniserregend im Wellengang. Aber man hat mir versichert, es hätte nicht abgelegt, bestünde auch nur die geringste Gefahr, das Ziel nicht zu erreichen.

Ich frage mich, was ich hier tue. Dieselbe Frage, vor jeder Ankunft. Und die möglichen Antworten wurden durch viele Abfahrten dezimiert und brüchig:

Ich bin auf der Suche!

Ich komme in der Gewissheit des Todes. Mag sein, die Krankheit bringt mich um. Mein Arzt sagt, es gibt ein Fenster der Hoffnung. Und doch nehme ich, so klar wie nie zuvor, das Ende – eine schwarze Wand vor mir – wahr. Darüber hinaus kann ich nichts erkennen, nur Schwärze.

Mein Geist deklamiert: »Es ist nicht mehr als eine weitere Türe. Du gehst hindurch und kommst an.« Ein Nichtschwimmer, der in der Weite des Meeres aus dem Boot gefallen ist, das bin ich. Jemand in mir verkündet: »Lass dich versinken, du wirst dich zum Bewohner des Meeres wandeln.« Alles in mir sperrt sich gegen Wandlung. Ich will nicht das Ende all dessen, das ich viel zu wenig zu schätzen wusste. Jetzt bläst mir eisiger Wind ins Gesicht, und das Kind in mir jammert: »Wird es das letzte Mal sein? Die Meeresluft, die ich liebe, wird sie meine Lunge ein letztes Mal füllen? Das ineinanderfließende Grün und Blau des Wassers, zum letzten Mal gesehen? Das Stampfen der Schiffsmotoren, zum letzten Mal gehört?«

Ich »weiß« nicht nur vom Tod, ich »erfahre« seine Nähe. Sollte ihm die Krankheit nicht den endgültigen Triumph verschaffen, so hat er doch seinen kahlen Arm um meine Schulter gelegt und wird ihn nicht mehr von ihr nehmen. Lebenslang rezitierte mein Geist, dass da einer ist, vor der Geburt und nach dem Tod, ewig. Wo, so frage ich zornig, wo ist er jetzt?

Kloster Moni Dionysiou 22.12.2016, 23:45h

Der kleine Raum – hoch über dem Meer – kahl und leer.

Malerisch liegt das Kloster Moni Dionysiou. Wunderbare Fresken kretischer Schule. Eine wundertätige Ikone der Panagia des Akathistos, als wertvollster Bestandteil der Schatzkammer.

Es ist späte Nacht. Ich komme aus der Kreuzkuppelkirche.

Ist es »Gotteszauber«, den die Mönche inszenieren? Nicht enden wollende Gesänge, Rosenweihrauchschwaden, heilige Texte rezitierende Bassstimmen. Das Zeitliche bricht auf wie die Kruste im Schlund eines Vulkans. Glut, die allmächtig und ewig scheint. »Es ist gut, dass ich hier bin, lass mich Hütten errichten, eine für dich, eine für mich.«

Gesänge verstummen, Kirchentore öffnen sich. Ich treibe im Strom, hinaus.

Dann bin ich im kahlen Raum hoch über dem Meer. Bin ich eine Mücke, die das Feuer sucht?

Kloster Monis Dionysiou 23.12.2016, 16:00h

Bruder Anastasios lächelte über meine Frage, während er die Ziege molk:

»Siehst du die Milch? Woher kommt sie?«

»Aus der Ziege!«

»Siehst du die Ziege? Woher kommt sie?«

»Aus ihrer Mutter!«

»Und wenn du am Ende aller Fragen die letzte Frage stellst, die du stellen kannst: Was ist davor?

In der Meinung der Menschen dieser Zeit ein Knall und keine Schöpfung. Möge die Schöpfung ein Knall gewesen sein, den kein Mensch gehört, aber ein Menschengehirn erdacht hat …

Wenn ich dich also frage, was nun vor dem Knall war, so stehst du vor dem Ewigen, hier und jetzt, angesichts der Milch, die aus der Ziege kommt.« Anastasios sah mich freundlich lächelnd an, mich, der ich ungläubig auf die Milch im Eimer sah, die mir den Schöpfer vor Augen führen sollte.

Martin blickt auf. Etwas hat ihn herausgelöst aus der Welt des Athos. Er sieht Menschen, in Zeitblasen gefangen.

Die Manolis neben ihm: jetzt mit sich selbst beschäftigt.

Weiter drüben derjenige, den er aus den Medien kennt: Magister Hubert K.. Die Schlagzeile der heutigen Krone, dick und fett auf seinem Bildschirm, ließ aufhorchen: »K. vor Rücktritt?« Ein wenig zu keck lehnt K. sich nahe an die junge Schönheit.

Martins Blick wandert zurück zum Bildschirm seines Notebooks.

»Was ihr für einen meiner geringsten Brüder getan habt, das habt ihr mir getan!« (Matthäus Kap. 25)

– Wer in meiner Gegenwart ist »der Geringste«? –

Er durchsucht den Raum. An einer Gestalt draußen vor der Glaswand bleibt seine Aufmerksamkeit hängen. Ein junger Mann, Pakistani, Afghane oder von sonst wo aus dieser Weltgegend. Der Blick seiner Augen auf ihn gerichtet. Vom Augenkontakt getroffen, dreht der Junge sich um und geht. Wenig später kehrt er zurück, wandert unruhig auf und ab, seinen Koffer nicht loslassend.

Martin liebt lyrische Texte. Er lernt sie auswendig wie früher als Kind in der Schule. Sie helfen ihm die Welt und das Leben zu erfassen:

– … Ihm ist, als ob es tausend Stäbe gäbe
und hinter tausend Stäben keine Welt …
… sein Gang ist wie ein Tanz von Kraft um eine Mitte,
in der betäubt ein großer Wille steht … –

Kurz hält der junge Mann still, hebt den Blick, sieht Martin wieder an.

– … Nur manchmal schiebt der Vorhang der Pupille sich lautlos auf – dann geht ein Bild hinein,

geht durch der Glieder angespannte Stille
und hört im Herzen auf zu sein. –

Martin beobachtet, wie der Junge in seiner nicht zu ihm passenden Kleidung in der Nische zwischen Glaswand und Mauer stehen bleibt. Wie ein verletztes Tier. Sein Umfeld sondierend.

Martin klappt sein Notebook zu, steckt es in die Tasche. Unwillig kommt der herangewunkene Kellner. Martin zahlt, zieht den Schal um den Hals und setzt die Pullmankappe auf den haarlosen Scheitel.

Nein, er will nicht spüren, was solch kleine Bewegungen von seinem Körper abverlangen. Sorgsam zieht er den Stuhl an den Tisch und verlässt das Café.

Draußen sieht man ihn die Tasche auf den Boden stellen. Er wirft einen Blick auf die Uhr, schaut dem Jungen ins Gesicht, sagt etwas, man kann nur ahnen, was: »Guten Tag! Scheußliches Wetter! Haben Sie eine genaue Uhrzeit?« Irgend so etwas muss es sein.

Der Blick des Jungen: abweisend? Nein, ängstlich und verwundet? Wortlos dreht er sich um und geht davon.

Gate 35, 30. Jänner 2017, 8:30h
Martin

Wer Martin kennt, weiß, was er jetzt tun wird. Er geht dem Jungen nach. Der nimmt, ohne sich umzudrehen, den kürzesten Weg zum Abfahrtsbereich der Busse. Mit Abstand folgt Martin ihm. Bei Gate 35 stellt der Junge seinen Koffer sorgsam an die Wand. Er durchsucht seine Jackentaschen nach einer Zigarette. Am zu den Gates hin geöffneten Buffet bestellt Martin zwei Tassen Tee und eine Schachtel Marlboro. Verstohlen beobachtet der Junge den Mann. Als Martin auf ihn zukommt, dreht er ihm den Rücken zu. Dieser stellt die dampfenden Tassen auf den Koffer des Jungen, was diesen aus der gespielten Gleichgültigkeit holt. Argwöhnisch sondiert er sein Gegenüber in Sekundenbruchteilen. Martins geöffnete Arme, sein Lächeln, verschieben die Aufmerksamkeit des Jungen zurück auf seinen Koffer. Vorsichtig hebt er die Teetassen hoch, stellt sie auf die schmutzige Kante des betonierten Abfallbehälters. Nicht ohne Martin dabei im Auge zu behalten. – Er bewacht seinen Koffer. Als wäre die Urne seiner Mutter darin, denkt Martin und hält dem Jungen die geöffnete Zigarettenpackung hin.

»If you would like? Please take!"

Am Ende eines langen Moments greift der Junge nach der angebotenen Zigarette: »Thank you!«

»You are welcome!«

Martin nützt den Moment, knüpft mit englisch gesprochenen Worten an: »Du kannst die ganze Packung haben. Ich rauche nicht.« Der Junge greift nach dem Päckchen, steckt es in die Brusttasche. Mit zitternden Fingern entzündet er ein Streichholz, saugt das Feuer in den Tabak, nimmt den ersten, tiefen Zug.

»Danke!« Eine stille, sanfte Stimme mit strengem Akzent. Es ist etwas präsent, das er hinter seiner Fassade zu verstecken versucht. Der Junge blickt Martin nicht in die Augen. Wohin sieht er? Über sein Gegenüber hinaus.

Martins Hand lädt ein, Tee zu trinken, was der Junge tut, als hätte er keine andere Wahl.

Martin redet floskelhaft über das Wetter, wie man es hier so nur selten erlebe. Er redet in kurzen Sätzen, einfach und möglichst unaufdringlich. Sichtlich genießt der Junge die Wärme, die der Tee in seinen Körper spült. Was Martin denkt, entspricht nicht dem, was er sagt: – Der Junge hat Angst. Wovor? – In Thessaloniki sind Martin viele dieser erbarmungswürdigen Kreaturen über den Weg gelaufen. Flüchtlinge, auf dem Weg vom vernichteten zum ungewollten Sein. Das Leben ist ihnen davongelaufen, sie haben keine Wahl, als ihm hinterher zu hetzen. Entweder du stirbst oder du entwickelst in der Nähe der Vernichtung eine Entschlossenheit, die angesichts des Unausweichlichen wächst. – Kein Unterschied zwischen ihm und mir, denkt Martin und sagt: »Ich kann dich gut verstehen, wir könnten Brüder sein. …«

Aus den Lautsprechern eine Durchsage. Martin, der Sprachbegabte, versteht ein wenig Serbisch, so viel zumindest, dass er die Ankündigung des Busses nach Wien entschlüsselt. Er nickt seinem Gegenüber zu, trinkt die Tasse leer: »Just a moment please!« Er eilt davon, so gut er es vermag, um die Wartenden im Café über die Ankunft des Busses zu informieren.

Der Junge beugt sich über seinen Koffer, begutachtet sorgsam, ob auch kein Tröpfchen Tee auf der Hartplastikschale zu finden ist. Dann beeilt er sich, in der Menge zu verschwinden.

Als Martin atemlos zurückkommt, steht der Junge in der Traube der Mitreisenden beim Gepäckraum des Busses. Der serbische Chauffeur klebt Nummernbänder um Griffe und Schlaufen der Gepäckstücke, die ihm gereicht werden. Hundert Dinare oder einen Euro zahlt man pro Gepäckstück und bekommt den Abriss des Bandes mit Kontrollnummer. Der Junge drängt nicht wie die meisten zum Gepäckraum hin. Er beobachtet, wartet ab, bis Taschen, Schachteln und Koffer den Raum bis zur Mitte füllen. Er zählt die Fensterreihen über dem Gepäckraum ab. Als Hubert und Andrijana an die Reihe kommen, drängt der Junge sich geschickt dazwischen, reicht seinen Koffer. Hubert, der losschimpfen will, wird von seiner Begleiterin am Ärmel gezupft: »Kein Stress!« Andrijana lächelt beide Männer an.

Eine ganze Weile bleibt der Junge dann hinter der Menschentraube stehen, beobachtet, ob sein Koffer auf dem Platz in der Mitte bleibt. Erst dann begibt er sich zur Fahrgastraumtüre auf der anderen Seite des Fahrzeuges, wo eine Mitarbeiterin des Unternehmens die Fahrkarten und Reservierungen kontrolliert und die Sitzplätze zuweist. Die Nummer seines Platzes kennt der Junge, auf die hat er beim Kauf der Karte bestanden. In der Mitte des Busses wollte er sitzen. Martin schüttelt den Kopf: – Was trägt einer mit sich, der nichts besitzt, und trotzdem sein Gepäck so aufmerksam versorgt?

Während Janis ihre Tasche zum Gepäckraum bringt, kommt Martin neben Herrn Manolis zu stehen und kann es sich nicht verkneifen, griechische Worte an ihn zu richten. Farid, der Alexandros Manolis darzustellen versucht, schießt trotz der Kälte Schweiß aus den Poren. Er versteht keine Silbe. »Kaliméra! Kaliméra! Oraía méra!« Er entreißt seinem Gedächtnis die zehn griechischen Vokabeln, die er sich eingeprägt hat. Da ist die bodenlose Angst wieder, so hat er sich damals im Teheraner Theater gefühlt.

Die Probe zu Hamlet hatte eben begonnen, als er dringend ans Telefon gerufen wurde – eine impertinente Unverschämtheit, wie der Regisseur meinte. Einer, der seine Mutter und damit auch ihn immer schon dafür hasste, dass das Publikum sie liebte, obwohl sie die Grenzen des Tolerierten ausloteten. Es gab nur Festnetz mit Anschlüssen in den Garderoben der Hauptdarsteller.

»Ihre Frau Mutter!« Es dulde keinen Aufschub. Sie verlange unverzüglich ihren Sohn zu sprechen.

Was sollte ein Regisseur und die hinter ihm stehenden Mullahs gegen die Ikone des iranischen Fernsehens und aller inländischen Bühnen ausrichten, solange sie geschickt gegen die heiligen Gesetze verstießen? Immer nur in kleinen Dosen. Er gewährte eine halbe Stunde Pause, für alle.

Farid lief in seine Garderobe und hob ab.

Was er hörte, verschlug ihm die Sprache: Die Stimme seiner Mutter? In einem Zustand, wie er ihn noch nie vernommen hatte. Aufgelöst und voller Panik. Es dauerte einige Momente, bis es ihm gelang, sie so weit zu beruhigen, dass verständliche Worte über ihre Lippen kamen. Die Stimme, die ganz Persien kennt, vermochte ihren Sohn nicht zu überzeugen. Wollte ihn jemand in Schwierigkeiten bringen? Ihn oder seine Mutter? Oder beide?

»Was hast du getan?« Er antwortete stockend, wurde nicht gehört, verstummte.

»Sie haben die Türe deiner Wohnung aufgebrochen. Alles liegt durcheinander, Chaos! Was suchen sie? Du Scheusal, mir musst du es sagen: Nimmst du Drogen? Nein, denn dann würden sie nicht die Religionspolizei schicken. Was hast du Verbotenes von der Bühne verkündet? Du Dummkopf!

Weißt du, was das heißt? Sie werden dich umbringen. Mein Liebling, weißt du, was jetzt geschehen wird?« Sie heulte wie eine Schakalin.

Ja, das wusste er. Und er wusste auch, warum man ihm das antun wollte. Als Nächstes würden sie zum Theater kommen. Er musste weg. So schnell wie möglich weg.

»Mutter, du brauchst dich nicht zu sorgen. Ich melde mich.«

Ziwa, seine Frau, er musste sie erreichen. Sie werden auch nach ihr suchen. Er zerrte sich die Kleidung Hamlets vom Leib, zerriss das kostbare Kostüm. Angst ohne Zäune und Fangnetze. Was tun? Wohin? Schnell! Sie stehen mit hoher Wahrscheinlichkeit schon draußen. Bewachen das Theater. Er weiß, was sie tun: Befragung unter schwerer Folter. Viele überleben diese erste Station nicht. Gefängnis. Es gibt vergitterte Löcher, ein mal zwei Meter groß. Sie sperren dich so lange in diese Löcher, bis du nicht mehr weißt, ob Stunden, Tage oder Wochen vergangen sind. Deine Notdurft unter dir. Schläge, Elektroschocks verursachen nicht die schlimmsten Schmerzen. Man hat einem Mann mit dem Bügeleisen die Rückenhaut verschmort und sie dann mit dem Messer abgeschabt. Kein Licht oder andauernd grelles Kunstlicht. Essen, das dir den Magen umdreht, mit Fettlappen voller Maden. Oder Hunger, bis du nicht mehr denken kannst, was die Ursache deines Martyriums ist. Wer nicht gesteht, bleibt in den Löchern. Wer gesteht, wird erhängt, im mildesten Fall erschossen. Man verschwindet. Niemand, auch nicht deine Mutter, wird je wieder von dir hören. Wenigen Angehörigen gelingt es, die Toten ausgeliefert zu bekommen. Nur wer viel Geld hat oder in irgendeiner Form Einfluss auf die Schergen nehmen kann, darf hoffen. Lebend seinem Schicksal zu entkommen? Einem von tausend gelingt das.

Warum das alles? Er kennt sein »Verbrechen«!

Er muss Ziwa erreichen. Aber wie? Zitternd schlüpft er in die Jeans. Das Hemd, die Jacke. Wie viel Geld hat er in der Tasche? Gerade so viel, dass er ein Essen kaufen könnte. Und als er an den anderen Garderoben vorbeihuscht, weiß er plötzlich, was ihn retten könnte. Er schleicht sich in den Raum der Nebenrollendarstellerin, einer vorsichtigen Frau, die man in der Öffentlichkeit nur im schwarzen Tschador sieht, der weiblichen Kleidung, die von der Sittenpolizei als korrekt angesehen wird und den Körper der Frau den Blicken der Männer entzieht.

Er nimmt einen der Hinterausgänge, mit gesenktem Kopf und kleinen Schritten geht er davon. Der Tschador ist seine Rettung. Niemand folgt ihm. Drei Straßen weiter telefoniert er in einer für Frauen bestimmten Telefonzelle. Ziwa hebt nicht ab. Wer weiß, wo sie sich befindet. Hat man sie erwischt?

Ein Freund meldet sich, ist bereit ihn zu empfangen. Quer durch Teheran muss er, jederzeit könnte eine Kontrolle ihn auffliegen lassen. Wenn die Schergen seine Identität herausfinden, ist er verloren. …

Seine Identität muss er auch hier am Busbahnhof Belgrads verheimlichen. Aber wie, wo doch sein Gegenüber inzwischen weiß, dass er kein Grieche sein kann? Farid spürt Angst, die in Panik auszuufern droht. Man wird ihn abschieben in den Iran. Er wird sterben.

Martin weiß nicht, ob man sich über ihn lustig macht oder ob es einen Griechen geben kann, der des Griechischen nicht mächtig ist? Plötzlich steht Janis vor ihm, schiebt Farid zur Seite. Sie sondiert die Situation und weiß, was geschehen ist. Sie packt Martin und zieht ihn von den anderen weg: »Entschuldigen Sie, Bruder Martin. Ich glaube, es ist Zeit, sie in unser kleines Geheimnis einzuweihen.« Martin wollte doch nur dem etwas einsam aussehenden Herrn Manolis Solidarität bekunden.

»Sie müssen wissen, ich schätze Ihre Arbeit. Was sie in Ihren Büchern über Menschenwürde und die Entdeckung des Sinns in jeder Lebenssituation schreiben, gibt mir das Vertrauen, Ihnen die Wahrheit zu sagen.« Und dann erzählt sie in knappen Sätzen, wer Herr Manolis wirklich ist und warum es unabdingbar ist, Farid geheim, »illegal, ja«, über die letzte Grenze zu bekommen.

Sie kennt die Details der Flucht Farids, erzählt Bruder Martin in wenigen Sätzen den Kern der Geschichte:

Man steckte ihn in Istanbul, für viel Geld, hinter das Ladegut eines LKWs, gemeinsam mit fünf Afghanen. Ein Kanister Wasser, ein Zweig Datteln, ein Eimer für die Notdurft. Wie lange er so unterwegs war, weiß er nicht. Irgendwo stoppte der Wagen bei laufendem Motor. Die Ladeklappe öffnete sich, und die Fahrer, bewaffnet mit Eisenstangen, befahlen allen auszusteigen. Sie wiesen auf die Lichter in der nächtlichen Weite: »EU, safe! Go, go, go!« Ohne Geld, ohne Wasser, ohne Nahrung rannten sie los, auf die Lichter zu. Sie liefen so lange in freudiger Erwartung, bis sie vor dem Ortsschild standen: »Nis!« Man hatte sie betrogen, weit vor der gefährlichen Außengrenze der EU abgesetzt, auf halbem Wege. Was blieb anderes übrig, als loszugehen, immer Richtung Norden, ohne zu wissen, wie man ohne Geld, ohne Papiere Österreich erreichen sollte. Wochenlang quälte er sich durch die serbische Spätherbstlandschaft, lebte von dem, was er fand oder was ihm mitleidige Hände anboten. Die meiste Zeit schlief er im Freien, überstand zwei Überfälle durch andere bemitleidenswerte Geschöpfe. Er büßte seine Schuhe ein, band sich Lappen um die Füße und schleppte sich weiter und weiter.

In Belgrad blieb er liegen, in einer alten vermoderten Fabrikshalle, zusammen mit Dutzenden anderen, die hier gestrandet waren. Man half sich gegenseitig, fand die Orte, an denen NGOs Hilfe anboten. Man hörte auf die Warnungen derer, die einige Wochen oder Monate mehr Erfahrung vorzuweisen hatten: »Lasst euch nicht registrieren. Ihr versperrt euch den Weg in die EU! Du brauchst Geld, viel Geld, um weiterzukommen. Da gibt es Schlepper, die mit den Zöllnern kooperieren.« Aussichtslos für Farid, die Unsummen aufzutreiben. Er hatte nichts mehr. Manche versuchten es mit Diebstahl, brachen in Häuser ein, aber was sollte man Menschen stehlen, die selbst nichts besaßen? Die Gefahr, von der serbischen Polizei aufgegriffen zu werden, war größer, als die Möglichkeit, die geforderten Summen zu ergaunern. Und für Farid kam so etwas nicht in Frage. In Teheran hatte er als Schauspieler sein gutes Leben in gehobenen Kreisen gelebt. Farid war denkbar ungeeignet und unvorbereitet dafür, an diesen verlorenen, schmutzigen Plätzen zu überleben.

»Als ich ihn kennenlernte, stand er am Ende einer Sackgasse. Man musste fürchten, dass er sich etwas antut. Er brauchte jemanden, der sich um sein Vorankommen kümmerte. Darum tue ich das. Deswegen werde ich ihn über diese verdammte Grenze bringen, mit dem gefälschten Pass meines Mannes Alexandros Manolis.«

»So etwas habe ich mir gedacht.« Martin legt seinen Arm um Janis' Schulter und führt sie weiter weg von den Leuten. Seine Augen sondieren das Umfeld: »Und ich werde dir helfen dabei.« Weil Janis mit offenem Mund sprachlos stehen bleibt, redet er weiter: »Ich lasse mir etwas einfallen, wie wir die Aufmerksamkeit der Zöllner von den zwei Illegalen ablenken können.«

»Zwei?«

Martin dreht sich um, sucht das schmale Gesicht des Jungen, findet es beim Fahrgasteingang, gierig an einer Marlboro ziehend. Mit Kinn und Augen lenkt er Janis' Blick: »Nicht auffällig hinsehen!«

Wir haben einen zweiten Problemfall, den ich unterstützen möchte. Du kannst auf mich zählen, Janis!«

– Was hat ein alter Mann zu verlieren? – Düstere Ahnungen ziehen wie Novembernebel aus dem Unbewussten.

Gate 35, 30. Jänner 2017, 8:45h
Hubert

Die Mitarbeiterin der Busgesellschaft checkt Andrijanas Ticket beim Fahrgasteingang des Busses.

»Wir brauchen eine zweite Fahrkarte und den Platz neben mir.«

Hubert, der an Andrijanas Seite steht und die Kontrollorin freundlich anlächelt, versteht kein Wort des Gespräches, das sich zwischen den Frauen entwickelt. Er hält der Platzzuweiserin 10.000.- Dinar vor die Nase.

»Wie stellen sie sich das vor? Wir sind voll. An solchen Tagen sind wir immer voll.«

»Sie kennen diesen Mann nicht?«

Die Kontrollorin blickt prüfend in Huberts Gesicht: »Nein!«

»Das ist also das Problem. Ich habe ihn sofort erkannt: Hubert K., einer der einflussreichsten Politiker Österreichs. Und ein Freund der Serben.

Noch nie gehört?«

Etwas freundlicher sieht die Kontrollorin Hubert jetzt an.

»Es ist doch immer ein Platz frei. Sehen Sie nochmals nach. Das sollte für Sie von Vorteil sein, wenn es um Ihre eigenen Schwierigkeiten geht. Reservieren Sie den Platz neben mir für diesen Mann und sagen Sie ihm, wer das für ihn getan hat. Sie werden es nicht bereuen. Beziehungsweise könnten sich Tore öffnen für Sie, die scheinbar gar nicht vorhanden sind.«

Die Platzzuweiserin zieht Hubert die Scheine aus der Hand und lässt sie unter ihrer Liste verschwinden.

»Also gut!

Dragana Millović, mein Name. Der Platz neben Ihnen ist frei.«

Andrijana übersetzt für Hubert.

»Sag ihr, das ist sehr nett. Darum liebe ich Serbien: wegen seiner freundlichen und fleißigen Leute. Und wegen der schönen Frauen «, sagt Hubert und schüttelt kräftig die Hand der Kontrollorin.

»Er wird Ihr Entgegenkommen nicht vergessen. Gerne revanchiert er sich. Sollten Sie etwas brauchen, rufen Sie das österreichische Bundeskanzleramt an.«

Andrijana muss lachen, während sie den Bus besteigt. Sie nehmen ihre Plätze in der hintersten Reihe des Busses ein. Andrijana legt ihre Hand auf Huberts Unterarm:

»Du hilfst mir, die Arztstelle in der Onkologie des AKH Wien zu bekommen?«

Er sieht sie einen Augenblick schweigend an. »Ich werde alle deine Wünsche in Erfüllung gehen lassen.«

»Flirtest du?«

Er lächelt, küsst etwas zu eifrig dreimal, links, rechts, links, ihre Wangen. Traditionell! In Serbien üblich.

– Das fängt gut an! –, denkt Andrijana, während sie den Blick hinaus auf die frierenden Raucher richtet. – Das wird mir Slavica nicht glauben. Und was würde Papa sagen: Sei vorsichtig mein Täubchen, den Österreichern ist nicht zu trauen. Du wirst noch an mich denken.

Ach Papa, glaube doch einmal – nur einmal – daran, dass etwas gut werden kann. Trotz allem, was du in deinem langen Leben erlebt hast. Du wirst schon sehen, wenn ich dich zu mir nach Österreich hole. –

Huberts Stimme unterbricht ihre Gedanken. »Frau Manolis und ihr vom Schönheitschirurgen verpfuschter Ehemann?« Zu den wichtigsten Erfolgsstrategien eines Politikers zählt Hubert genaue Beobachtung. Immer mehr in der Hand haben als der Gegner.

»Du kannst zynisch sein!« Andrijana lächelt, und Hubert weiß nicht, ob sie es ernst meint.

»Das sind die Fälle, gegen die wir antreten. Illegale Einreise, Unterwanderung des christlichen Abendlandes. Ich wette, die gute Frau Manolis ist dabei, einen Illegalen ins Land zu schleppen. Ein Fall von vielen. Und ich werde es verhindern!«

»Muss ich fürchten, dass du mich auch – verhinderst?«

»Das ist nicht vergleichbar. Der da draußen, wer immer das ist, der will sich nicht integrieren. Der wird behaupten, Kriegsflüchtling zu sein, obwohl er – mit an Sicherheit grenzender Wahrscheinlichkeit – aus einem sicheren Land kommt. Der will, dass seine Religion, seine Kultur in meiner Heimat wie Unkraut aufgehen. Über den Familiennachzug kommen seine Frau, ein Dutzend Kinder, Vater, Mutter, Onkeln, Tanten und wer weiß noch aller. Die zeugen Nachkommen … wie die Karnickel. Schau dir an, was bei euch mit dem Kosovo passiert ist. Serbisches Land wurde innerhalb kürzester Zeit von Albanern unterwandert und zack, zack, zack, schon gehört der Kosovo den Moslems. Halbmond statt Kreuz! Und alle Welt sieht zu, gibt dem Ganzen völkerrechtlichen Status. Das ist der Untergang einer Kultur!

In meiner Heimat wird das nicht passieren, dafür stehe ich, deswegen sind wir die am stärksten wachsende Partei. Und mit dem da draußen, mit dem mache ich kurzen Prozess. Der kommt mir nicht ins Land!« Er hat sich in Rage geredet. Aber seine Wähler lieben das, wenn er zornig ihre Rechte verteidigt.

»Mancher Bock bespringt ein Häschen«, unterbricht Andrijana die Wahlrede mit freundlichem Gesicht. Er verdutzt: »Ich, der Bock, du, das Häschen?«

»Dummkopf! Ein serbisches Sprichwort, das meint: Wer den wilden Mann spielt, übersieht leicht, dass er auf die falsche Sache losgeht und sich der Lächerlichkeit preisgibt.«

»Du verstehst nicht! Ich brenne für meine Landsleute.« Er versucht ein wenig beleidigt zu wirken. »Dich zähle ich zur erweiterten Schar meiner Landsleute: westliche Kultur, christlich, hübsch …«

»Was darf man einem flirtenden Mann glauben?«

»Finde es heraus!«

»Manches Häschen überlistet den Bock, und er findet sich auf einem Igel wieder!«

»Au!«

Huberts Handy läutet. Sein Anwalt Karl am Apparat.

»Du weißt aber schon, dass du nach Serbien sauteuer telefonierst? Hier gibt es kein WLAN.«

»Was denkst du, warum ich dich trotzdem anrufe? Du lässt mir keine andere Wahl. Es pressiert! Du bist in einer Situation, die keinerlei Aufschub erlaubt. Die Lage ist mehr als ernst, um nicht zu sagen katastrophal.

Und keine Sorge, die Kosten verrechne ich dir auf deiner Monatsrechnung.«

»Hast du herausgefunden, wer mich loswerden will?«

»Musste ich nicht. Die haben sich bei mir gemeldet.«

»Was heißt das?«

»In meinem Mailordner, anonyme Sendung. Ausschnitte eines hochbrisanten Videos.«

»Was sagst du?«

»Hör zu, ich habe mitgeschrieben. Wer gab folgende Sätze in den letzten Tagen von sich:

Die Freunde Putins wollen sich in unserem Land stärker engagieren. Das Programm meiner Partei gefällt Wladimir Wladimirowitsch.

Wir haben vor, russische Gelder über die gemeinsamen serbischen Freunde an parteifreie Vereine in Österreich – hier lachst du etwas unverschämt – fließen zu lassen. An den zahnlosen Idioten des Rechnungshofs vorbei, in unsere Parteikasse. Und wenn wir an der Macht sind, revanchieren wir uns bei unseren serbischen und russischen Freunden, mittels legaler, lukrativer Staatsaufträge. Eure Investition wird nicht unwesentliche Gewinne abwerfen.«

In Huberts Kopf laufen Leitungen heiß. Sagen kann er nichts.

»Da bist du sprachlos?

Weißt du, was das heißt? Die haben ein Video von deinem Gespräch mit dem Chef der serbisch-nationalen Partei. Und was ich dir vorgelesen habe, dürfte nur die Spitze des Eisbergs sein. Einmal abgesehen davon, dass du der hübschen Tochter des Serben-Kapos Avancen machst, mit den deutlich vernehmbaren Worten, auch nächtlicherweise alle Wünsche zufriedenstellend erfüllen zu können und zu wollen. Bist du deppert! Muss ich dir sagen, was los ist, wenn das an die Öffentlichkeit gelangt? Und der Anwalt deiner lieben Helga kennt zumindest die gleichen Ausschnitte wie ich. Und da habe ich dich noch gar nicht gefragt, was sonst noch auf dem Video von dir zu hören und zu sehen ist?«

»Verdammt noch mal! Der Abend vor zwei Tagen. Bist du sicher, dass es kein Fake ist?«

»Ich kenne dein Gesicht, ich kenne deine Stimme. Das bist du! Abgesehen davon, lasse ich es gerade von Experten prüfen.

Was hast du sonst gesagt?«

»Ich weiß nicht mehr, es war viel Rakija im Spiel.«

»Rakija? Nichts anderes?«

»Karl, was willst du hören von mir?«

»Kokain?«

»Du musst das verhindern!«

»Hast du eine Idee, wie?«

»Egal wie! Egal, was es kostet! Das darf niemals an die Öffentlichkeit. Das wäre ruinös. Und die Parteifreunde?«

»Die haben die Ausschnitte. Unterschiedlich, Fritz will dich loswerden.«

»Dieser Kadaver!«

»Wahrscheinlich stammt die Schlagzeile in der Krone von ihm. Rücktritt in Ehren und das Video bleibt in der Lade. Andere halten zu dir, aber du weißt, was Fritz sagt, zählt. Dein Trumpf bei den Freunden könnte sein: Die Veröffentlichung des Videos bringt auch die Partei zu Fall.

Fritz antwortete auf dieses Argument: Wir werden es als verabscheuungswürdigen Alleingang darstellen. Er hat das Vertrauen der Freunde missbraucht und aus Machtgier die ehernen Partei-Gesetze der Sauberkeit gebrochen.«

»Verdammte Scheiße! Dazu sind die fähig. Wenn sie wer kennt, dann ich. Schmeiß alles rein, was wir haben! Heute abends bin ich zurück. Morgen früh ist das Geschichte. Gegen Fritz habe ich einiges in der Hand. Er wird fallen, nicht ich. Und Helga zahlen wir aus. Sag ihr, ein einmaliges Angebot: Sollte sie mir schaden, kann sie sich in Österreich öffentlich nicht mehr zeigen. So, wie sie mich kennt, kenne ich auch sie. Für manche sexuelle Praktik zum Beispiel würden sich die Boulevardmedien brennend interessieren. Ganz abgesehen von den Scheingeschäften hinter dem Rücken der Uni.«

Nach der Beendigung des Gespräches sitzen Hubert und Andrijana schweigend nebeneinander. Dann sagt die hübsche Frau:

»Ist der Bock zum Abschuss freigegeben?«

Gequält verzieht Huberts Mimik sich zu einem Lächeln:

»So ist es! Jetzt muss sich nur noch herausstellen, wer der Bock ist.«

»Manche Böcke bespringen sich gegenseitig, und das Häschen sitzt daneben und lacht.«

»Hör auf, sonst ziehe ich dem Häschen das Fell über die Ohren!«

»Flirtest du oder drohst du?«

Andrijana verwirbelt dem Mann mit der Hand das Haar. Das zu tun hätte sie sich selbst nicht zugetraut. Anderseits, auf diesem Spielplatz kennt sie sich aus. Der Mann wird tun, was sie will.

Gate 35, 30. Jänner 2017, 9:00h
Martin

Wenn Martin sich einer Aufgabe stellt, widmet er sich ihr mit ganzer Hingabe, auch wenn nur noch ein Bruchteil der früheren Kräfte vorhanden sind.

»Was du einem meiner Geringsten tust, das hast du mir getan!«

Er hat die Worte des Buches jahrzehntelang verwendet, um den Willen des »Allwissenden« herauszufinden. Als er vor Monaten die Diagnose Prostatakrebs erhielt, klammerte er sich an die Heilungssätze, die er in den Textstellen fand oder als solche interpretierte.

Dann kam der Tag, an dem auf dem Bildschirm des Notebooks zu lesen stand:

»Wer die Ehe bricht mit jemandes Weib, der soll des Todes sterben.« (3.Mose 20,10)

Ihm, als geschultem Theologen, gelang es nicht, sich die Hintergründe des Textes verfügbar zu machen. Wie ein kleiner Junge stand er vor einem gestrengen Vater, der ihn für sein Tun strafte. Er glaubte zu wissen, warum er mit dem Tod bestraft werden sollte. Der Name seiner Sünde?

Francesca!

Er hat sein Gelübde gebrochen. Das Gelübde der Enthaltsamkeit. Er ist Priester. Francesca lebt, wie auch er, in Rom. Eine der besten Logo-Therapeutinnen der Welt, gefragt in höchsten Kreisen. Und er, Martin, hat sie ausgebildet. Eine hübsche Italienerin, eineinhalb Jahrzehnte jünger als er, verheiratet, zwei Kinder, ein netter Ehemann, der sie zu lieben scheint.

Martin hatte nie Berührungsängste gegenüber der Weiblichkeit. Er mochte Frauen, was für seinen Beruf als Ehetherapeut eine gute Voraussetzung ist. Trotzdem war er seinem Gelübde treu geblieben. Er redete über die körperliche Liebe mit seinen Klienten ohne Scheu, so, als spreche er von eigenen Erfahrungen.

Und dann passierte es, nach vielen Freundschaftsjahren mit Francesca, nach unzählbaren Einladungen in ihre Familie. Er hat mit ihr geschlafen. Er empfand es als eine der höchsten Glückswellen seines Lebens. Seltsamerweise gelang es ihm, danach weiterzumachen wie zuvor. Oder machte er sich nur etwas vor? Kein Drama, kein Drängen. Kein Schuldbewusstsein! Keine Wiederholung.

Dann, ein halbes Jahr später die Diagnose und das »Wort des Allwissenden«, als schlüge ihn jemand wach.

Er suchte einen Freund auf: »Strafe gebührt dir dafür, dass du Weisheitsworte zum Horoskop verkommen lässt. Das solltest du wissen!«

»Es ist das Wort meines Gottes!«

»Es ist Menschenwort, das den Versuch darstellt, von dem zu erzählen, wie Gott ist. Solltest du ein Buch über unsere Freundschaft schreiben und behaupten, ich hätte es geschrieben, wäre ich ziemlich verärgert über dich.«

»Gut! … Eingegeben vom Geist Gottes.«

»Dein Buch von mir diktiert? Du kannst nichts dafür?

Schau dir an, wie viel Leid mit diesem Ansatz legitimiert wird. Das soll der Wille Gottes sein? Eines Kriegsgottes vielleicht oder eines chauvinistischen Herrschers.«

Er löschte die App nicht, die ihm täglich Worte der Bibel auf den Bildschirm projizierte. Aber er schenkte ihnen nicht mehr so viel Aufmerksamkeit.

»Was du für einen meiner geringsten Brüder getan hast, das hast du mir getan.« Dieser Satz hat heute die Schwelle seiner Aufmerksamkeit durchbrochen. Warum? Vielleicht war es die Angst, schon morgen dem Wort des Allwissenden in der Diagnose des Arztes begegnen zu müssen?

Martin findet den Jungen als einen der Ersten im Bus sitzend. Was macht er? Er kontrolliert, wo sich die Klappe des Kofferraums unter ihm befindet. Er zählt die Fenster in der Reihe bis zu seinem Sitzplatz. Martin findet seinen Platz weit hinten im Bus. Ein kleines Mädchen nimmt neben ihm Platz. Er stellt seine Tasche in die Ablage. Zufällig begegnet sein Blick dem des Jungen in der Mitte des Busses. Martin sieht seine Unruhe. Die Anspannung des Jungen scheint so groß zu sein, als wäre er kurz davor, fluchtartig das Fahrzeug zu verlassen. Rundum beziehen die Mitreisenden ihre Sitzplätze. Der Junge verlässt seinen Platz, zwängt sich durch den Gang nach hinten, bleibt vor Martin stehen:

»Ein Kind sitzt neben mir.«

Martin versteht den Sinn der Mitteilung nicht.

»Auch neben Ihnen sitzt ein Kind. Wir tauschen die Plätze?«

»Sollten das nicht die Eltern der Kinder entscheiden?«

Er habe mit der Mutter des Buben neben ihm gesprochen, sie sei einverstanden.

»Du wechselst zu mir nach hinten?«

Abwehrend hebt der junge Mann die Arme, er scheint mit diesem Vorschlag gar nicht zufrieden zu sein: »Sie wechseln in meine Reihe! … Bitte!«

Martin lässt sich auf den Platzwechsel ein. Eigentlich gut für sein Vorhaben. Er sitzt nun in der Nähe der beiden Illegalen. Das »Ehepaar« Manolis hat seine Plätze auf der anderen Seite des Ganges in derselben Reihe.

»Wie heißt du?«, fragt er, nachdem er die Tasche in die Ablage gestellt hat.

»Mehmet! Mehmet Atakan!«

– Hinter diesem Namen versteckt sich wer? –, fragt Martin sich. »Du bist Türke?«

Der Junge holt seinen Pass aus der Jackentasche, öffnet ihn auf der Seite des Fotos und steckt ihn Martin in die Hand.

Der Verbindungsmann in Istanbul meinte, um diesen Preis sei unter normalen Umständen eine so perfekte Qualität nicht zu bekommen. Sein Chef lasse ausrichten, den restlichen Lohn hole er sich bei Allah. So, wie der Empfänger des Dokumentes tausendfachen Lohn erhalten werde im Paradies, als Kämpfer des wahren Glaubens.

Die gefälschten Papiere erwiesen ihre Qualität, als er sich nach der stürmischen Bootsfahrt, in Griechenland, auf Chios, seine neue Identität aneignete.

Der Junge erzählt Martin seine Geschichte:

Mehmet Atakan! Ein türkischer Journalist, der noch in der Nacht des Putschversuches in seinem Land, am 15. Juli 2016, erfahren habe, dass sein Name sich auf einer Festnahmeliste befinde. Er sei in Istanbul untergetaucht, habe unter katastrophalen Bedingungen weitergearbeitet. Wöchentlich habe er seinen Wohnort gewechselt, mit seinem Koffer als einzigem ständigen Begleiter. Erdogans Geheimdienst sei ihm auf den Fersen gewesen. Mittels Fahndungsplakaten habe man ihn als Mitglied der Putschbewegung des Predigers Fetullah Gülen ausgeschrieben. Kein Weg habe daran vorbeigeführt, mit Hilfe syrischer Schlepper nach Griechenland zu flüchten. Die Angst sei geblieben. Der lange Arm des türkischen Geheimdienstes könne auch Griechenland erreichen. Es existierten Hinrichtungsteams, die auf Jagd nach Gülen-Anhängern in Griechenland unterwegs sind. Deswegen musste er weiter, auch wenn es ihm als Türke in Griechenland gefallen habe. Ein Land, seiner Heimat sehr ähnlich, aber mit Pressefreiheit und Demokratie. Er müsse in die EU, um ein normales Leben ohne Todesgefahr leben zu können.

Deswegen sitze er jetzt hier in diesem Bus. Auf der Reise in eine neue Zukunft.

Wird der Mann neben ihm diese Geschichte glauben?

»Mehmet?«, sagt Martin nachdenklich. »Ich werde dich Mehmet nennen, daran hast du dich gewöhnt. Keine Angst, wer immer du bist. Ich werde dir helfen, in die EU zu kommen. Da drüben, auf der anderen Seite des Ganges, sitzt Alexandros. Auch ihn werden wir weiter so nennen. Wie du muss er über die Grenze.

Und ich weiß wie!«

Martin will Janis und Alexandros ins Gespräch einbinden, doch die sind mit sich selbst beschäftigt.

– Alle, die um mich sitzen –, denkt der Junge, der sich Mehmet nennt, – alle werden mit mir in den Tod gehen. Aber die Kinder, die Kinder werden leben. –

Vojvodina, 30. Jänner 2017, 10:00h
Janis und Farid

Die Türen des Busses schnappen zu. Ein leichtes Vibrieren, dann schiebt sich das Fahrzeug gemächlich nach hinten aus der Bussteigzone. Dichter Schneefall. Ein Schneepflug, so schäbig, als stammte er aus Titos Zeiten, versucht die Fahrbahnen freizubekommen. Mit durch den Schnee gedämpften Fahrgeräuschen, gleitet der Bus zur Ausfahrt des Busbahnhofs, reiht sich in den dichten Verkehr am alten Hauptbahnhof ein. Architektur, die zur Zeit seiner Errichtung – 1884 – einen der Prachtbauten des Fürsten Milan Obrenović für die Hauptstadt des jungen Königreichs Serbien bilden sollte.

Ein Jahr noch fahren in den Kopfbahnhof Züge ein, dann wird er stillgelegt. Vorbei die Glanzzeiten, als er den Norden mit dem Südosten Europas verband. Selbst der legendäre Orientexpress hielt hier. Und von den Siebziger-Jahren bis in die Neunziger reisten Tausende Rucksacktouristen, auf ihrem Interrail-Trip nach einem kurzen Stopp im Belgrader Hauptbahnhof weiter in den Süden, ihrem Traumziel Griechenland entgegen.

Im dichten Verkehr gleitet der Bus die Savska hinunter. Halb verfallene Fabriksgebäude säumen das Save-Ufer entlang der rechten Seite. Hier leben die Illegalen der Stadt: Flüchtlinge ohne Aufenthaltsgenehmigung, Obdachlose, Säufer, Drogenjunkies, Menschen mit zerrissenen sozialen Netzen. Auch Farid hielt sich hier eine Zeit lang auf.

Unansehnliche Wohngebäude an der anderen Seite der Straße. Irgendwo dazwischen die Polizeistation, die Farid von außen gut kennt, weil es galt, sie möglichst nie von innen zu sehen.

»Es war falsch, mit dir zu schlafen.« Farids Augen sehen aus wie die eines Kindes. Janis starrt zum Fenster hinaus.

»Wir sind Freunde, aber ich liebe dich nicht.«

Die unaufhörlich gleiche Bewegung von Jannis' Hand auf ihrem Oberschenkel, sie hört, was er sagt. Farids Blick, nun durch dasselbe Fenster auf die verlotterten Außenbezirke der Stadt gerichtet, geht ins Leere.

»Am Telefon meines Freundes, der mich nach meiner Flucht aus dem Theater aufgenommen hat, versuchte ich Ziwa zu erreichen. Ziwa, meine Frau …«

»Ich hab es kapiert!«

Soll er weitersprechen? Es widerstrebt ihm, seiner Freundin Schmerz zuzufügen. Aber sie muss die Wahrheit kennen. Vielleicht entscheidet sie sich, unter diesen Umständen ihn nicht über die Grenze bringen zu wollen? Warum war sie bereit, das Risiko einzugehen? Sie könnte im Gefängnis landen. Tut sie es aus Freundschaft? Oder der Sehnsucht wegen, die er nicht erfüllen kann?

Sie muss die Wahrheit kennen, bevor sie sich in Gefahr bringt. Vielleicht muss er an der einzigen Station vor der Grenze, in Novi Sad, den Bus verlassen? Er hat eine Stunde, um ihr alles zu erzählen.

»Ziwa blieb unauffindbar und ich lief, von Albträumen geplagt, in der Wohnung meines Freundes auf und ab. Meistens war ich allein, denn mein Freund mühte sich, seinen unauffälligen Alltag weiterzuführen.

Ich sah Ziwa in den Folterkellern der Religionspolizei. Und ich wusste, was dort geschah. Die Qualen, die aus meinen Vorstellungen krochen, griffen von der Seele auf den Körper über. Ich konnte nichts bei mir behalten, keine feste Speise, nicht einmal Tee.

Bevor mein Freund eines Morgens die Wohnung verließ, sagte er: ›Morgen musst du in die Türkei!‹ Ich wusste, was das hieß: Ich überließ meine Frau ihrem Schicksal.

Eine Stunde saß ich da, voller Bilder und Worte unserer gemeinsamen Pläne.

Ich sah mich den Raum betreten, von dem mir erzählt worden war, ich könnte dort Christen kennenlernen. Schon als Kind hatte ich mich nicht damit abfinden wollen, dass Allah ein Gott der Unnahbarkeit, der Strenge, der Strafe ist. Die unaufhörlichen Wiederholungen der Suren führten dazu, dass arabische Sprache Schmerzen in meinem Kopf und meinem Herz auslöste. Es schien keinen Weg zu geben, aus der Lüge zu flüchten. Der Lüge, die darin bestand, das befohlene Theater mitzuspielen. Meine Rolle: Unterworfener unter die absolute Herrschaft eines tyrannischen Gottes und seiner Stellvertreter auf Erden. Selbst meine Mutter, die mich am besten kannte, wollte nichts vom Widerspruch zwischen der erzwungenen Selbstaufgabe und der Sehnsucht nach einem liebenden Vater in mir wissen. Ich fand jemanden, der mir eine Bibel in die Hand gab und begann zu lesen. Darum musste ich damals in jenen Raum, der mir als christliche Hauskirche beschrieben war.

Ich befand mich in einer Art Trance, als ich Ziwas Augen begegnete. Sie saß da und lächelte mich an. Absichtslos. Wir wechselten wenige Worte. Aber zehn Tage später saßen wir im gleichen Raum nebeneinander und dann an den vielen folgenden Abenden, nie mehr getrennt. Ein Mann neben einer Frau? Undenkbar in der Welt der Mullahs.

Ich stellte Ziwa meiner Mutter und meiner islamischen Familie vor. Sie war nach muslimischer Sitte gekleidet, denn niemand um uns durfte von unserer christlichen Welt wissen. Es wäre zu gefährlich für uns und unsere Lieben gewesen. Öffentlich waren wir ein islamisches Liebespaar. Öffentlich heirateten wir nach islamischem Ritus. Wenige Tage davor sagten wir das Jawort vor christlichen Trauzeugen in der Hauskirche.

Seitdem sind Jahre voller Liebe vergangen. Es gelang uns, die beiden Welten zu trennen. Bis zu jenem verfluchten Tag, an dem die Religionspolizei in meiner Wohnung stand.

Da saß ich nun im Zimmer eines christlichen Bruders und wusste, ich würde in wenigen Stunden meine Frau Ziwa ihrem Schicksal überlassen. Gab es eine andere Möglichkeit?

Ich warf den Tschador über und ging hinaus auf die Straße, erstmals seit meiner Flucht. Alle Orte, die ich mit Ziwa in Verbindung brachte, suchte ich auf. Alle! Die Geschäfte, die Kaffeehäuser, die Wohnorte ihrer Freundinnen, das Theater. Zuletzt stand ich vor unserer gemeinsamen Wohnung im Norden Teherans, hier lebten wir gemeinsam mit meiner Mutter, der angesehenen Diva aus Funk und Fernsehen. Ich hatte in den über zwei Stockwerke reichenden, weitläufigen Räumen zwei Wohnungen errichtet. Eine für meine Mutter und meine Halbgeschwister. Eine für mich und Ziwa. Weitere Halbgeschwister leben über den Iran verteilt. Der Zweitälteste, Malik, hat sich in eine der Bruderschaften der Mullahs zurückgezogen. Malik lehnt das Leben seiner Mutter ab, ehrt seinen Vater, der mit harter Hand die Familie entzweit und sich zuletzt von seiner Frau geschieden hatte. Maliks Zorn gilt vor allem mir, dem Sohn des zweiten Mannes meiner Mutter. Der Bastard, der den Weg der Mutter eingeschlagen hat und Schauspieler geworden ist.

Als ich vor unserer Wohnung stand, kam ein Mann auf mich zu und ich geriet in Panik. Ich fürchtete, trotz Tschador enttarnt zu sein, und lief davon, verschwand in der Menge. Vielleicht hatte ich Glück oder ich habe mich von meiner Angst täuschen lassen. Sicher erreichte ich die Wohnung meines Freundes.

Der saß auf seinen Kissen und erwartete mich. Zornig sah er mich an: ›Unser Schicksal ist aneinandergebunden. Entweder gehen wir beide ins Gefängnis oder keiner von uns. Darum fahre ich dich nach Sonnenuntergang an die türkische Grenze.‹

›Verstehst du meine Angst um Ziwa?‹

›Du kannst sie retten, wenn du gerettet bist.‹

Um acht Uhr abends packte er mich, bekleidet mit meinem Tschador, in seinen Wagen.

Auf dem Weg zur türkischen Grenze hielt uns niemand auf. Er fuhr mich abseits der Verkehrsadern an Täbris vorbei. Wir nahmen einen unbefestigten Fahrweg, fünfzig Kilometer parallel zur Grenze und bogen zuletzt in einen Waldweg ein, den mein Freund so weit fuhr, wie es mit seinem armseligen Wagen möglich war. Armenien konnte nicht weit sein. Fünfzehn Stunden waren wir gefahren.

Gegen Mittag des folgenden Tages öffnete mein Freund die Beifahrertüre, in der Hand einen kleinen Rucksack. Ich zog mir den Tschador vom Leib. Mein Freund knüpfte den Rucksack auf, holte einen Stoffgürtel hervor. Er zeigte mir, wo seine Mutter Geldscheine darin eingenäht hatte. Keine großen Summen, aber so viel, dass man im Notfall das Schlimmste verhindern könne. Und dafür, und nur dafür, sei es gedacht. Ein Taschenmesser, eine kleine, ausrollbare Stoffmatte, eine dicke Jacke, ein Beutel getrockneter Früchte, eine Wasserflasche, ein kleines Brot.

Mein Freund holte einen Zettel aus seiner Hemdtasche: ›Hör genau zu! Diese Nummer rufst du an, sobald du in Istanbul bist! Du musst zu Geld kommen, dann werden sie dich in die EU bringen!‹

Wir umarmten einander. Er zeichnete mir ein Kreuz auf die Stirn. Dann stieg er ein und fuhr davon. Ohne ihn wäre ich heute tot. Jeden Tag bete ich für ihn.

Auf meinen Fluchtstationen versuchte ich Ziwa telefonisch zu erreichen. Erfolglos! Niemand wusste etwas. Nirgendwo war sie gesehen worden. Mit der Arbeit auf den Feldern eines alten ostanatolischen Bauern verdiente ich so viele Lira, dass ich von einem öffentlichen Anschluss meine Mutter anrufen konnte: ›Hier spricht ihr Agent Mohamed. Es geht um die Filmrechte, sie müssen Geld überweisen.‹ Mutter begriff sofort, wer mit ihr telefonierte. Sie wusste, dass ihr Telefon seit meinem Verschwinden abgehört wurde. Ein leichtes Zittern in der Stimme verriet ihre Erleichterung. Wir besprachen, wie das Geld den Agenten erreichen sollte.

›Die Hauptdarstellerin des Filmprojektes, hat sie sich gemeldet?‹

Eine kleine Pause brauchte es, bis Mutter verstand, was ich wissen wollte.

›Wir müssen uns gedulden. Nein, noch nicht. Aber ich bin mir sicher, sie wird die Rolle annehmen.‹

Auch Mutter wusste nichts von Ziwas Verbleib. Musste ich umkehren? Nein! Sollte Ziwa leben, galt es für sie und mich einen sicheren Ort für eine neue Existenz zu finden.

Monate später, im Stall eines serbischen Bauern, legte mir seine Frau ein Handy in die Hand. Die Verbindung nach Teheran funktionierte. Mutter sagte den entscheidenden Satz:

›Unsere iranische Hauptdarstellerin hat sich vor ein paar Tagen gemeldet. Und gestern war sie bei mir und hat die Verträge unterschrieben.‹

Ziwa lebt!«

Die Düsen der Busheizung blasen geräuschvoll heiße Luft in die Gesichter. Farid sitzt neben der Frau, sieht immer wieder prüfend in ihr Gesicht. Janis' Blick bleibt auf der Winterlandschaft der Vojvodina:

– Ewig wiederkehrendes Déjà-vu: Männer benutzen mich und lieben andere Frauen. – Wie Graupelschauer fallen Gedanken auf Janis' Seele. – Gelingt es, den einen hinter mich zu bringen, laufe ich in den nächsten vor mir hinein. Wem verdanke ich dieses lebenslange Dilemma? Meinen Hippieeltern!

Keine Ausreden!

Alexandros hat vor einer Ewigkeit, beim Workshop für Flüchtlingshelfer in Athen, richtig gesehen: Ich bin heimatlos, auf der Flucht. Wie Farid, Ziwa …wie Millionen andere. Auch er, Alexandros, ist heimatlos –, wie sie weiß.

»Okay!«, hatte sie zu ihm gesagt, nach der langen Nacht, zwischen den anstrengenden Tagesprogrammen des Workshops in Athen. Ihr Leben kam ihr vor wie das Turiner Leichentuch, auf dem sich die Konturen eines Toten abzeichnen, nun vor Alexandros ausgebreitet. »Was hat dich zu einem Workshop für Flüchtlingshelfer gebracht?«, fragte sie und hoffte damit seinen Blick von ihrem Lebensleichentuch abzulenken.

»Ich versuche mich zu retten. Das bleibt unser Geheimnis?«

»Du?« Sie hatte gelacht, bereit alles zu glauben, nur nicht, dass dieser eitle, rebellische Mann vor irgendetwas gerettet werden musste.

»Was weißt du von den Pontosgriechen?«, fragte Alexandros. Und als sie mit den Schultern zuckte, begann er im Morgengrauen von seiner Großmutter Sophia zu reden. Und während er von den Ereignissen um 1920 an der Schwarzmeerküste der heutigen Türkei sprach, holte er aus seiner Brieftasche ein klein gefaltetes, vergilbtes Blatt hervor, glättete es vorsichtig, bevor er es vor Janis auf den Tisch legte. Sie nahm und las, was P. Enepekidis in der Zeitung Kathimerini am 17.08.1997 schrieb:

»Der Genozid á la Türkei ist leise, boshaft, östlich, ohne theoretischen Background, aber praktisch und plündernd. Vertreibungen, Deportationen von Einwohnern ganzer Dörfer, diese erschöpfenden Märsche der Frauen und der älteren Bevölkerung im Schnee – die Männer sind bereits in Zwangslagern und im Militär. Dies alles führt nicht zu einem Auschwitz, nein, es war ein mobiles Vernichtungslager, die Menschen starben unterwegs, sie liefen nicht einem Ziel entgegen, nein, sie liefen, um zu sterben vor Hunger, vor Kälte, und wegen der gnadenlosen Behandlung durch ihre Schlächter.

Dies war ein organisiertes diabolisches System. Die Reise war der Tod, nicht am Ziel der Reise wartete der Tod.«

Erst begriff ich nicht, warum er darauf bestand, dass ich las.

Den zweiten zerrissenen Zettel musste Alexandros lange suchen, bevor er ihn in seiner Jackentasche fand:

Der britische Hochkommissar der Alliierten zu Konstantinopel, Sir H. Rumbold, berichtete am 10. Mai 1922:

»... Es scheint, dass die Türken nach einem festen Plan vorgehen, um sich der Minderheiten zu entledigen. Es war ihre Methode, in Amassia die osmanischen Griechen des Gebiets zwischen Samsun und Trapesunt zu sammeln. Diese Griechen mussten dann von Amassia über Tokat und Sivas bis Caesarea (440 km) und wieder zurückmarschieren, bis sie schließlich nach Harput (550 km entfernt) im Osten geschickt wurden. Auf diese Weise stirbt eine große

Anzahl der Deportierten vor Entbehrungen und an Erschöpfung.

Die Türken können sagen, dass sie die Flüchtlinge nicht getötet haben, aber vielleicht kann man zum Vergleich die Weise anführen, wie sich früher die Türken der Hunde in Konstantinopel entledigten: indem sie diese auf einer Insel aussetzten, wo sie vor Hunger und Durst umkamen. …

Die Türken bevorzugen den Winter, um die Deportierten in die Berge zu treiben.

Dem amerikanischen Near East Relief wurde nicht gestattet, eine Unterkunft für Kinder zu errichten, deren Eltern unterwegs gestorben waren. Diese Kinder wurden mit den anderen Deportierten weitergetrieben. Doktor Ward selbst hat vorigen Dezember 150 Leichen auf der Straße zwischen Harput und Malatia gezählt. Ein anderer Mitarbeiter sah und zählte 1.500 Leichen auf der Straße nach Harput, 2.000 Deportierte starben auf der Straße östlich dieses Ortes. Zwei Drittel der griechischen Deportierten sind Frauen und Kinder. Gegenwärtig beginnen neue Deportationskampagnen in allen Teilen Kleinasiens von den nördlichen Hafenstädten bis zu den südöstlichen Bezirken.

»Unter ihnen war Sophia, meine Großmutter, ein Mädchen von vierzehn Jahren.« Alexandros sprach im Sonnenaufgang davon. »Sie erzählte mir, wie sie an jenem Tag ein frisch geborenes Lämmchen gestreichelt und ihm zugeflüstert habe: ›Wir sind bald zurück.‹ Auf dem Weg wurde Sophia von ihrer Mutter getrennt.

Meine Großmutter überlebte die Todesmärsche und erreichte Monate später Konstantinopel, das heutigen Istanbul, dort fand sie zwei ihrer älteren Geschwister wieder.

Wenig später machte der Friedensvertrag von Lausanne 1,6 Millionen Griechen unwiderruflich zu Heimatlosen. Mit einem Koffer, an der Hand meines Großonkel Alexandros, bestieg Sophia im Winter 1922 ein Schiff mit dem Ziel Thessaloniki. Dort kamen die beiden in armseligen Zustand an und verbrachten die erste Zeit in einem Flüchtlingslager. Ihr Bruder Alexandros hielt sie mit seiner Bouzouki und kleinen Gaunereien am Leben. Er handelte mit Opium, schreckte vor Diebstahl nicht zurück. Heute würde man ihn als Rembetes bezeichnen. Er soll an seine Bouzouki mit einer Art Hassliebe geknüpft gewesen sein. In betrunkenem Zustand sprach er davon: ›Unzähmbares Haupt, Basi Bozuk, nennt sie sich. Genauso wie die türkischen Banden hießen, die uns vom Schwarzen Meer vertrieben. Freischärler, die keiner Vorschrift unterlagen. Wie sie wollten, raubten sie, töteten sie. So ist auch meine Basi Bozuk, die ich spiele. Sie will mich berauben, sie versucht mich krank zu machen, verlangt alles, was ich noch habe. Aber ein Grieche zähmt das Feuer seiner Bouzouki, ohne verbrannt zu werden. Sie muss meine Rhythmen spielen. Meine Lieder muss sie begleiten…

Von den türkischen Basi Bozuks werden wir Griechen eines Tages Gleiches verlangen. Wir werden ihre Herren sein.‹ So sprach mein Großonkel.

Man hat mich nach ihm benannt. Meine Bouzouki ist seine Bouzouki. In mir brennt die Sehnsucht nach der verlorenen Heimat am Schwarzen Meer. Ich war dort, in Samsun, dem Geburtsort Sophias und ihres Bruders Alexandros. Ich bin die schmalen, steilen Straßen hinaufgegangen bis an jenen Platz, an dem das Haus gestanden haben muss. Gefunden habe ich nur die steinerne Türschwelle, mit dem eingemeißelten Zeichen. Ich saß auf ihr und weinte.«

Janis sitzt im Bus nach Wien. Die Realitäten fließen ineinander. Die Fluchtgeschichten Farids, Alexandros und der vielen anderen, überrollen sie. Hass, Gewalt, Vertreibung, in allen Räumen des Menschen, durch alle Zeiten der Weltgeschichte, es ist ihr, als hätte sie Tausende Geschichten gehört und erlebt. Menschen voller Sehnsucht nach dem Ort, der Heimat ist.

Sie selbst ist auf der Flucht. Darum wirft sie sich bestimmten Männern an den Hals, sie spürt den Gleichklang ihres Lebens mit dem der Vertriebenen.

»Ich werde dir helfen!« In ihrer Stimme will kein Ton zu schwingen beginnen.

»Ich werde dir helfen, über die Grenze zu kommen, dann trennen sich unsere Wege!«

Der Bus fährt von seiner letzten Station vor der Grenze ab: Novi Sad.

»Entschuldigt!« Bruder Martin legt seine Hand auf Janis' Schulter. »Ich weiß jetzt, wie ich die Aufmerksamkeit der Zöllner von unseren zwei Schützlingen abziehen kann. Ich werde vor ihnen in der Reihe zur Passkontrolle gehen. Ich finde meinen Pass nicht. In meinem Notebook habe ich ein Foto von meinem Dokument gespeichert, aber wo? Das dauert und zieht die Konzentration der Zöllner auf mich. Sie werden den Rest der Schlange rasch durchwinken. Wenn unsere Schützlinge abgefertigt sind, werde ich in meiner Hosentasche meinen Pass überraschend finden, wie dumm kann man nur sein in der Aufregung! Und alles geht seinen Weg.

Was sagst du?«

Vojvodina, 30. Jänner 2017, 11:00h
Hubert und Andrijana

Der Anruf seines Anwalts hat Hubert zugesetzt. Er muss etwas tun, um das Gefühl der Hilflosigkeit loszuwerden. Das Foto, das Frau Manolis im Café geschossen hat, muss weg. Es könnte ein weiterer Baustein für seine Demontage sein. Er wird der Frau das Internetfoto des Rembetes Alexandros Manolis präsentieren und verlangen, dass sie das Bild von ihm und der serbischen Schönheitskönigin löscht …

»War das dein Chef am Telefon?« Die Stimme Andrijanas.

»Ich bin der Chef!«

»Dann haben also deine Untergebenen die Zügel in der Hand?«

Wer Hubert herausfordert, bekommt es mit dem Arsenal seiner rhetorischen Fähigkeiten zu tun: Politik sei eben auch ein schmutziges Geschäft, inmitten dessen er versuche, für Land und Leute das Beste herauszuholen. Hätte er den Platz in diesem Bus nicht bekommen, würden ihn die Gegner mit dem nächsten Zug am politischen Spielbrett fertigmachen. Dank ihr sei er aber zurück im Spiel. Er werde nicht zulassen, dass die Konkurrenten gewinnen, denn das bedeute, dass er – zum Beispiel – ihr morgen nicht mehr helfen könne, den Arbeitsplatz im AKH zu bekommen. Das beschriebene Szenario lässt ihn frösteln. Seine Körperhaare sträuben sich wie bei einem Wolf, der den Feind fixiert. Er weiß, wie es ist, ohne Macht zu sein. Machtlos hinnehmen zu müssen, dass der Mann, der ihm ein Vater sein sollte, ihn demütigt. Ohne Mut zu sein, das kennt er, es ist ihm in jede Zelle seines Gehirns eingraviert.

Was soll der kleine Junge gegen den gewalttätigen Mann ausrichten, der zynisch lächelnd meint: »Aus dir wird nie etwas!« Der Junge hat es geglaubt und seine Welt danach gestaltet. Viel zu klein und mit dicken Brillen ausgestattet, gab er der Welt allen Grund, kein schönes Bild von ihm entstehen zu lassen. Er hat sich schuldig gefühlt.

Er wusste aber nicht, was er ändern konnte. Was sollte er tun, um zu wachsen? Wie sollte er seine Augen scharf stellen? Der Übervater im Himmel, den Mutter verehrte, der seinem Vater aufs Haar glich, der hatte ihn mit körperlicher Unzulänglichkeit bestraft. Man konnte ihn nicht lieben. Man musste ihn lieben. Niemand liebte ihn, auch nicht Mutter, die sich bemühte, so zu tun, als wäre es anders. Wobei sie umso deutlicher und offensichtlicher klarstellte, sie sei die am wenigsten Geliebte. Eine Heilige! Der Herr, der omnipräsent alles überwacht, der werde sie dafür in der ewigen Welt belohnen. Diese Erzählung setzte dem kleinen Jungen die Idee in den Kopf, er könne versuchen, einer von den Zauberern zu werden, die herrlich gekleidet jeden Sonntag den Herrn als einzige hörten und sahen, ihm dienten, als Vermittler zu den Unwürdigen, die die Bänke des dunklen Raums bevölkerten. Sie waren es, die Wein in des Vaters Blut verwandeln konnten und Brot in sein Fleisch. Ekelhafter Kannibalen-Zauber, hoch angesehen und begehrt bei denen in den unbequemen Bänken.

Erst in der Schule, unter dem Eindruck des Religionsunterrichts, ließ der Junge diesen Plan fallen. Er wollte und konnte sich nicht in eine solch selbsterniedrigende Sklavenrolle begeben, um irgendwann – nach dem Tod – anerkannt und geliebt zu sein. Wann sollte das sein? Er stellte sich die vorsichtig ausgesprochene Frage, ob es dem Herrn gefallen könne, wenn er Pfarrer würde und bald danach ins Wasser ginge oder Gift trinke, ob er dann direkt ins Himmelreich schlüpfen könne … Mit dieser Frage hat er den Herrn beleidigt, Mutter schickte ihn ins Zimmer, wo er Gott um Vergebung bitten sollte, damit er nicht in die Hölle käme.

Niemand weiß heute von dieser Geschichte. Mutter ist tot und sicher nicht dort, wo sie dachte, sein zu können. Ihre erotisch anmutenden Sehnsüchte, die kein Herr dieser Welt erfüllen wollte, erfüllten sich auch nach dem Tod nicht.

Der Junge machte sich auf die Suche nach anderen Herren, denen er dienen konnte, bei denen er Liebe erwerben würde, ohne selbst zu ahnen, dass er nach Liebe gierte. Seine Sprachbegabung brachte ihm Zuwendung in Form erstklassiger Schulnoten. Lehrer werden zu wollen, verwarf er, nachdem er erlebt und mitgeholfen hatte, wie eine Gruppe Halbwüchsiger Autoritäten gnadenlos und lustvoll niedermachen konnte. Lehrer Henschel, den man mit wöchentlich zwei Stunden lang im unwichtigen Gegenstand Kurzschrift in die Bedeutungslosigkeit trieb, verschwand eines Tages. Man hörte von der Psychiatrie, wo man ihn mit Elektroschocks und Valium – schauerliche Bilder in den Köpfen der Halbwüchsigen – gewaltsam aus seiner nur ihm zugänglichen Realität zu befreien versuchte – ohne Erfolg. Schon bald verschwand er für immer.

Im Gymnasium fanden sich neue Herren, die Aufmerksamkeit erregten. Das Wort Studentenverbindung schien das Heil der Welt in sich zu tragen, wenn man den Jungs aus den höheren Klassen glauben wollte: »Gegenseitiger Respekt, Achtung, Liebe zum Vaterland. Wer sich an die Regeln hält, erlebt Gemeinschaft.« Hubert erfuhr es so und es tat wohl. Bis zu jenem Zeitpunkt, an dem der »Alte Herr« – da befand Hubert sich schon in der Abschlussklasse des Gymnasiums – von »unwertem Leben« sprach, begründet durch körperliche Mängel. Es traf Hubert ins Mark, zugleich spornte es ihn an, seine Vorzüge besonders zur Geltung zu bringen. Und die gab es: Sein Gehirn arbeitete um Klassen besser als das der meisten anderen. Er war nicht bereit, erneut allen hilflos gegenüber zu stehen und startete durch. Nie wieder, schwor er! Und das ist ihm über die Jahre auch gelungen, bis zum heutigen Tag. Es gab seither keine so bedrohliche Krise wie die, in der er sich nun befindet.

Er wird seine Gegner mit allen zur Verfügung stehenden Mitteln bekämpfen. Fritz, Helga und wen immer sonst noch.

»Ich werde dich morgen in das Allgemeine Krankenhaus begleiten und dir die Stelle in der Onkologie vermitteln. Einen K. wird man nicht so leicht los, wie es sich die netten Freunde in der Heimat vorgestellt haben!« Einen aufmüpfigen Jungen sieht Andrijana neben sich. Darum müsse er auf Details achten. Alles könne gegen ihn verwendet werden.

Es sei ihm daher auch nichts anderes übrig geblieben, nach den Erfahrungen der letzten Tage, als zu prüfen, ob er ihr trauen könne.

»Ich hoffe du verstehst: Als du im Busbahnhofs-Café zur Toilette gegangen bist, hast du dein Handy unversperrt auf dem Tisch liegen lassen. Ich habe es auf kompromittierende Fotos untersucht. In deiner Handtasche, die an der Sessellehne hing, fand ich deinen Pass. Ich musste wissen, ob du bist, die du vorgibst zu sein. Verstehst du?«

»Was? Bist du irre? Du kannst nicht …«

Beschwichtigend legt Hubert seine Hand auf die ihre. »Ich habe keine andere Wahl.« Er erzählt, wie man ihn in Belgrad mittels junger, hübscher Frauen in die Falle gelockt habe. Hübsche Frauen seien für Hubert K. unwiderstehliche Köder, glaubten seine Gegner. Und in manchen Fällen stimme das vielleicht, sagt er und versucht, seinen treuherzigen Blick durch die mittels Kontaktlinsen geschärften Augen aufzusetzen. In solchen Momenten, in denen er eine besondere Verbindung spüre, gelte es das Hirn einzuschalten und kontrolliert vorzugehen. Die Gegner servierten ihm auf ihn abgestimmte Köder.

»Forellen fängt man am besten mit Fliegen, bunt schillernden Fliegen.

Jetzt weiß ich, du bist tatsächlich nur ein beeindruckend nettes Mädel und kein bunt schillernder Köder.« Das sagt er und denkt: – Jetzt weiß ich, dass es mir nicht schaden kann, dich zu vernaschen! –

»Ohne Begegnungen dieser Art, hätte ich aufgegeben, die Welt mit politischen Mitteln verändern zu wollen. Um in der Arena zu überleben, braucht es Rückzugsorte.

Wenn unsere soziale Heimatpartei an den Hebeln der Macht sitzt, was schon bald der Fall sein wird, werden wir das Gesicht der Welt verändern. Die Konkurrenten werden schauen, was alles möglich ist.« Jetzt ist er wieder richtig in seinem Element und zeichnet das strahlende Bild einer durch die Partei gestalteten Gesellschaft. Von seiner rhetorischen Höchstleistung ist er überzeugt. All das, was sich in ihm an Wut, Vorurteilen und Rassismus aufgestaut hatte, brach aus ihm heraus. Andrijana kommen die Sprüche bekannt vor. Die Rechtspopulisten Serbiens krakeelen dieselben Botschaften. Sie unterbricht Huberts Brandrede:

»Entschuldige! Politische Erlösungsfantasien bewirken in mir Übelkeit. Das hat sich sozusagen epigenetisch übertragen von Urgroßvater Bogoljub Vasiljević aus Barić, der den Versprechen seines Königs vertraute. Dafür war er bereit, sein Leben zu geben. Am Ende starb er, nachdem ihm sein König alles genommen hatte.«

»Bogoljub Vasiljević ist also schuld daran, dass du die Welt lieber belassen willst, wie sie ist, nicht gerade in einem vorteilhaften Zustand für euch Serben?« Hubert lacht boshaft, spürt, wie die spöttische Bemerkung Andrijana trifft, versucht mit sachlichem Ton alles wieder gut zu machen. »Ich verspreche keine Utopien. Meine Landsleute wissen, dass ich für eine Zukunft voller Chancen und Möglichkeiten kämpfe.«

»Und ich weiß, dass mich populistischer Mist wütend macht.«

»Dann sollten wir uns den Ursprung deiner Wut genauer ansehen. Wer war Bogoljub Vasiljević, dein Urgroßvater? Warum lässt du zu, dass seine Weltverdrossenheit dein Leben prägt?«

Vor dem Krieg war Bogoljub Vasiljević ein angesehener, Geschäftsmann in der k. u. k. Monarchie, er lieferte im großen Stil Pflaumen, Schweine, Rakija und andere Produkte per Schiff nach Budapest. Seine Beliebtheit war so groß, dass man ihn gerne als Bürgermeister des Ortes gesehen hätte. Der König hatte vor dem Krieg ein glorreiches Reich aller Serben versprochen. Darin werde es seinen Untertanen besser gehen, als es jemals den Ahnen ergangen sei. Bogoljub besaß Ländereien, von denen er Teile zum Wohle der

Allgemeinheit verschenkte. Die Kirche wurde auf so einem von ihm geschenkten Grundstück errichtet.

Dann ging er pflichtbewusst als einfacher Soldat in den Krieg, um seinen König und sein Land zu verteidigen.

Am fünfzehnten November 1914 patrouillierte Bogoljub Vasiljević mit seiner Einheit am linken Ufer des Flusses Kolubara in Veliko Polje nahe Obrenovac. Sie gerieten unter heftiges Feuer der Österreicher. Der serbische Kommandant wurde schwer verwundet. Es gelang nicht, ihn aus dem Schussfeld zu ziehen. Die Einheit zog sich ohne ihren Kommandanten auf die andere Seite des Kolubara zurück.

Als der Sektor-Kommandant Oberst Milojko Lešjanin davon erfuhr, holte er den Serganten, Andrijanas Urgroßvater, zu sich und befahl, sofort nach dem zurückgelassenen Kommandanten zu suchen.

Bogoljub knüpfte ein weißes Tuch an seinen Gewehrlauf und überquerte den Fluss. Die Österreicher verbanden dem serbischen Vermittler die Augen und führten ihn zu ihrem Offizier. Bogoljub erbat einen Waffenstillstand, um die Verwundeten auf beiden Seiten versorgen zu können. Der hochmütige österreichische Offizier setzte Bogoljub darüber in Kenntnis, dass sein Vorgesetzter gefangen genommen worden sei und sich im Feldlazarett befinde, wo er nach bestem Wissen medizinisch versorgt werde. Im Übrigen sollten die serbischen Soldaten ihr Leben retten und sich zurückziehen, denn in fünf Tagen seien die Österreicher in Niš, wo sich die serbische Regierung noch befinde.

Bogoljub antwortete: »Sie werden in Niš sein Herr Offizier, aber als Gefangener!« So sehr war er überzeugt von dem, was sein König versprochen hatte.

Der österreichische Befehlshaber schluckte die trotzigen Worte und ließ den Vermittler mit verbundenen Augen zurück zur Kolubara bringen.

Einen Monat später wurde die österreichische Armee in Kosmaj schwer geschlagen, und auch der Offizier, der mit Andrijanas Urgroßvater gesprochen hatte, wurde gefangen genommen. Er wurde ins Gefangenenlager in Niš gebracht, wo er sich an die Worte des Vermittlers an der Kolubara erinnerte. Er berichtete den serbischen Befehlshabern davon und empfahl, den mutigen Soldaten auszuzeichnen. Er habe zu Zeiten, als der Krieg für seinen König als verloren galt, den Glauben an diesen nicht aufgegeben. Die höchste Auszeichnung, der Karađorđeve-Stern mit Schwertern, wurde ihm verliehen, nicht auf Empfehlung seiner Vorgesetzten, sondern auf Anregung des österreichischen Feindes.

Aufgrund der Wirren des weiteren Kriegsverlaufs erfuhr Bogoljub nie von der Verleihung der Auszeichnung.

Kurz nach dem Ersten Weltkrieg zeigte der König, was von seinen Versprechen zu halten war. Er enteignete Bogoljub um den größten Teil seiner Ländereien. Und den Handel mit der inzwischen in Stücke gehauenen Donaumonarchie verhinderten die dichten Grenzen. Bogoljub lebte noch fünf bescheidene Jahre, bevor er, aller Illusionen beraubt, starb. Andrijanas Vater, der am Todestag seines Großvaters noch ein Halbwüchsiger war, erinnerte sich an seine Worte: »In der Hand der Obrigkeit sind wir Streichhölzer. Sie entzünden mit uns ihre Pfeifen. Dann werfen sie uns abgebrannt in den Schmutz.«

Es kam eine neue Zeit und mit ihr Tito und seine Kommunisten. Auch Tito versprach den Serben die Rettung ihrer Welt.

Andrijanas Großvater, Sohn des Helden Bogoljub, glaubte den Versprechen des neuen großen Führers und schrieb einen Brief, mit der Bitte um Rückgabe des durch den König enteigneten Landes. Er wolle es bebauen, um die vielen leeren Mägen im Dorf zu füllen. Höchstwahrscheinlich hat Tito diesen Brief nie gelesen. Jedenfalls kam nie eine Antwort. Und Tito und seine Genossen verkündeten, womit die Gleichheit aller Bürger geschaffen und damit die Rettung der Welt geschehen sollte. Aber wenige Jahre später lebte Tito in größerem Reichtum, als es dem König je vergönnt war.

»Wenn jemand verspricht, deine Welt retten zu wollen, glaub ihm nicht.« Das sagte der Vater Andrijana, als sie ein kleines Mädchen war.

Hubert hat Andrijanas Erzählung wortlos ertragen. Jetzt aber bricht es aus ihm hervor: »Als der König deinen Urgroßvater enteignete, wäre ich bereit gewesen, dessen Rechte mit allen mir zur Verfügung stehenden Mitteln zu verteidigen.

Willst du ohne Gegenwehr Unrecht geschehen lassen? Und das Unrecht fängt in den kleinen Dingen an.« Seine Hand weist auf Janis Manolis. »Soll man diese Frau bestehendes Recht brechen lassen? Grenzen auf, Gesindel rein, den Halbmond auf den Stephansdom? Soll ich zulassen, dass passiert, was im Kosovo unumkehrbar geschehen ist?

Bevölkerungsaustausch?

Es braucht im Hier und Jetzt Aktion, Lösung! Denk an deinen Urgroßvater. Er hätte mich gewählt«

Er erhebt sich, geht den Mittelgang nach vorne, bleibt zwischen Janis und Martin stehen. Sein Gesicht vor Janis' Gesicht. Er spricht so leise, dass nur Janis ihn verstehen kann: »Sie löschen alle Fotos, die sie von mir geschossen haben. Sonst fliegt ihr »Freund« an der Grenze auf.« Er hält der Frau das Bild des Rembetes Alexandros Manolis auf seinem Smartphone vor die Augen. Nur kurz weiten sich die Augen Janis, ziehen sich zusammen wie Katzenaugen: »Sie helfen uns, über die Grenze zu kommen, oder ich schicke meine Fotos an die Krone und den Anwalt Ihrer Frau.«

Hubert verschluckt sich an den Worten, die er hinzufügen wollte. Er hustet. Janis lächelt: »Was wollten Sie sagen?«

»Nach der Grenze löschen Sie die Fotos. Ich kann Ihrem Freund und Ihnen auch in Österreich nicht unwesentliche Probleme machen.«

Janis lächelt: »Ich danke für Ihre Unterstützung!«

Vojvodina, 30. Jänner 2017, 11:15h
Martin und Mehmet

»Was will Herr K. von dir?«, fragt Martin. Janis winkt ab, beginnt dann doch ihre Geschichte mit diesem Mann zu erzählen, die sich angesichts des Zwecks der Reise gefährlich aufgeheizt hat.

»Er weiß, dass Farid nicht mein Mann Alexandros Manolis ist und droht, das an der Grenze auffliegen zu lassen. K. ist alles zuzutrauen, wenn es um Wählerstimmen geht.

Aber ich habe ein Druckmittel gegen ihn in der Hand, etwas, das Stimmen kosten könnte. Fotos mit, na sagen wir, zweierlei Deutungsmöglichkeit. Er und die junge Serbin. Seine Wähler wollen den ehrenwerten Ehemann, der mit seiner schönen Gattin das Traumpaar der Society darstellt. Da kommen Flirts mit jungen Schönheiten nicht gut an. Zurzeit scheint er ohnedies nicht so fest im Sattel zu sitzen, hast du die Schlagzeile in der Krone gelesen?«

»Gerade deswegen denke ich, dass er sich mit kleinen Fischen, wie es Farid und Mehmet für ihn sein müssen, nicht beschäftigen wird.«

»Die Rücktrittsankündigung stammt nicht von ihm. Ich habe meine Pressekontakte in Wien genützt. Jemand will ihn loswerden. Mit etwas, das anscheinend die Sensation der nächsten Tage sein wird. Keiner will die brisanten Details preisgeben. Man sagt, das wird K. die politische Karriere kosten. Wenn ich ihn so beobachte, der weiß, was läuft. Wahrscheinlich ist das sogar der Grund dafür, dass er hier in diesem Bus sitzt. Der professionelle Meinungs- und Stimmungsmacher nutzt, was ihm die Hoheit über die öffentliche Aufmerksamkeit zurückholt. Er wird tun, was seine Wähler von ihm erwarten: Als Beschützer der Heimat wird er sich in Erinnerung rufen. Neue Schlagzeile: K. verhindert Grenzübertritt illegaler Einwanderer! Und schon verzeiht der Wähler dem Retter des christlichen Abendlandes seine Eskapaden.«

»Für so dumm halte ich meine Landsleute dann doch nicht.«

»Ach was, im Notfall holt der hinterhältig Verleumdete ein Kreuz vor der Kamera aus der Sakkotasche und sagt in theatralischem Ton ins Mikro: »Sie kreuzigen jene, die sich für Ihre Nächsten einsetzen.«

Das flache Land rundum verschwimmt Weiß in Weiß mit dem Himmel, als gäbe es keine Grenze.

»Wir machen weiter, wie besprochen.«

Martin wendet sich Mehmet zu, spricht Englisch: »Hast du verstanden?« Mehmet sieht seinen Sitznachbarn mit großen Augen an. Er hat keine Ahnung, worum es geht. Martin erklärt ihm, was er vorhat, an der Grenze zu tun.

»Deine türkische Biografie klingt glaubhaft. Das ist gut. Aber ich würde gerne wissen, für wen ich mich einsetze. Wer bist du wirklich? Wovor musst du flüchten?«

Hamza, der Mehmet sein will, sucht in seinem Repertoire für mögliche Szenarien auf der Reise die passende Identität. Einen Hauch zu aufgesetzt sondiert er das Umfeld, bevor er seine neue Geschichte erzählt:

»Mein Vater in Afghanistan war ein wohlhabender Mann. Eines Tages standen Taliban vor seiner Türe. Sie forderten Geld, ansonsten würden sie seinen ältesten Sohn töten. Meinem Vater gelang es, sie auf den folgenden Tag zu vertrösten. Er saß im Haus auf seinem Kissen und dachte nach. Dann holte er mich zu sich und sagte: ›Wenn ich ihnen morgen Geld gebe, stehen sie nächste Woche mit derselben Forderung wieder vor der Türe.

Es gibt nur eine Lösung. Du musst weg. Ich will nicht deine Leiche vor meiner Türe liegen sehen.‹

Ich fragte, wohin ich gehen soll. Europa wäre ein guter Ort für ein besseres Leben, meinte er. Da habe ich mich auf den Weg gemacht.«

»Hast du Kontakt zu deiner Familie?«

»Ich weiß, dass mein Vater tot ist. Sie haben ihn ermordet, an meiner Stelle. Meine Mutter lebt. Darum ist es besser, niemand hört, wer ich bin. Die Taliban haben ihre Ohren überall, auch hier. Mich zu finden, wäre für Mutter gefährlich. Das Leben hat mich gelehrt: Ein Sohn in Europa ist für Erpresser verlockend.

Meine Reise durch Afghanistan und den Iran stand unter der ständigen Gefahr, entlarvt zu werden. Erst in der Türkei gelang es mir, mithilfe des größten Teiles meines Geldes eine neue Identität zu kaufen. Trotzdem riet man mir davon ab, türkischen Zöllnern meinen türkischen Pass zu zeigen. Ich stieg mit sechsunddreißig anderen Flüchtlingen in ein Boot für zehn Personen. Als das Boot kurz davor war zu sinken, erreichten wir die griechische Küste. Man wollte mich in Abschiebehaft nehmen, aber ich entwischte ihnen. Und heute muss mein türkischer Pass die serbischen und ungarischen Zöllner überzeugen.«

»Was ist so wertvoll in deinem Koffer, dass du ihn hütest wie deinen Augapfel?«

Der geschulte Beobachter bemerkt den Moment der Verunsicherung, den seine Frage bei seinem Gesprächspartner Mehmet auslöst, der Afghane ist, dessen Vater im Kampf mit den Amerikanern starb, dessen Bruder von einer amerikanischen Drohne liquidiert wurde und der Hamza heißt. Hamza, der sich im gerechten Kampf opfern wird. Die Strafe Gottes wird jene treffen, die Allah im Bus nach Wien zusammengeführt hat.

Je näher Mehmet, der Hamza ist, den Menschen im Bus kommt, umso schwieriger wird es, die Bombe über die gespeicherte Zahlenkombination auf seinem Handy zu zünden, sobald der Bus am Ankunftsort der Reise in die Menschenmenge an den Busterminals und den umliegenden Gebäuden eintaucht. Auch die Schnellstraße, die über den Busbahnhof verläuft und wie ein Dach genützt wird, kann der Wucht der Explosion nichts entgegensetzen. Sie wird einstürzen. Der Einsatzort wurde von den Helfern genau erkundet. Aber die Psyche des Menschen ist nicht leicht zu überlisten. Schon gar nicht die Hamzas. Manche Mitreisenden vermögen inzwischen, einen Blick hinter seine Fassade zu werfen. Zu wenig gelingt es ihm abzutauchen, nicht wahrgenommen zu werden. Der Koffer, sein Gegenüber fragt nach dem Koffer.

»Ich rate«, sagt Martin, »in deinem Koffer befinden sich Erinnerungen an deine Heimat, die du möglicherweise nie wiedersehen wirst?

Was könnte wertvoller sein?«

Hamza kann seine Nervosität nur schwer verbergen:

»Wertvoll allein ist Allahs Wille!«

Das ist die richtige Antwort, sie lenkt Bruder Martins Gedanken vom Inhalt des Koffers:

»Du bist Moslem? Das freut mich. Vor einigen Wochen durfte ich diese Facette des gemeinsamen Gottes der Kinder Abrahams – so nennt sie Sufi Sheikh Eşref – kennenlernen.«

Man habe als Christ so seine Urteile über Moslems, erklärt er. Da stünden einem zuerst die furchterregenden Gotteskämpfer in Schwarz vor Augen. Verbrecher, die ihre Religion benützen, um sich für ihre Taten Rechtfertigung zu holen. – Gut, dass du nicht weißt, dass nicht jeder Gotteskämpfer Schwarz trägt –, denkt Hamza.

Verschleierte Frauen, rechtlose Weiblichkeit, im Gegensatz zur Absolutheit des Männlichen, ein No-Go für einen Beziehungstherapeuten, der er sei. Die ganze Palette der Urteile und Vorurteile der westlichen Welt schwinge mit, wenn man sich einem Sheikh nähere. So lange bis man Sheikh Eşref gegenübersitzt, seine freundlichen, milden Augen auf einem ruhten und man den schelmischen Ausdruck auf seinem Gesicht gesehen habe. Wenn er die Leichtigkeit und die Hinfälligkeit der Welt in Anekdoten und kleine Kabarettszenen kleidet, sei die islamische Welt plötzlich eine andere.

Er habe selten gastfreundlichere Menschen erlebt als bei den Sufis. Er bewundere die Entschlossenheit in der Ausübung der Verehrung des Einzigen und Wahren, des Gottes Abrahams.

Man habe ihm erzählt, ein großer Teil der Moslems Afghanistans bekenne sich zum Sufismus, dem versöhnlichen Weg des Islams.

Die Frau, die ihn bei den Sufis empfangen habe, habe ein dunkelblaues, ornamentverziertes Kleid getragen. Ein leuchtend rotes Tuch sei um ihren Kopf kunstvoll gewunden gewesen. Der Gott der Sufis verbiete Schönheit nicht. Man habe ihn in den Gebetsraum geführt, wo der Sheikh auf seinem Fauteuil sitzend mit amerikanischen Gästen, die vor ihm auf den Teppichen saßen, ins Gespräch vertieft gewesen sei. Man habe ihm heißen Tee in türkischen Glasschalen zu seinem Platz auf einem der Kissen gebracht, die entlang der Wände lagen.

Der Scheikh trug einen dunkelblauen Turban, ein hellblaues Hemd und eine graue Hose. Schnell band Sheikh Eşref den neuen Gast ins Gespräch ein. Und es zeigte sich, dass er wusste, wer Martin war und warum er gekommen war.

»Du bist mit einer Frage zu mir gekommen, Bruder.«

Martin erzählte von einem Mann, der sein Leben lang nach dem Willen seines Schöpfers gelebt habe, der ihm sehr nahe gewesen sei. Eines Tages holt den Mann die Diagnose einer schweren Krankheit aus Alltag und Gewohnheit, und er stellt fest, dass er allein ist. Kein liebender Gott, nur Abgrund, Leere, Dunkelheit. Er rafft sich auf und macht sich auf die Suche nach Gott.

»Wenn dieser Mann jetzt bei dir säße, was würde er erleben?«

»Allah schreibt, jeden Augenblick. In diesem Augenblick schreibt er dein Lebensbuch. Würde er aufhören zu schreiben, wärest du nicht.

Siehst du den Schatten meiner Hand? Die Hand des Schöpfers, der Schatten bist du. Nimmt er seine Hand weg, bist du nicht.«

Martin erinnert sich nicht mehr, was der Sheikh in den folgenden eineinhalb Stunden alles sagte. Aber es hat sich ihm eingeprägt, was Sheikh Eşref beim Abendessen, spät an diesem Tag, sprach:

»Wenn der Mann, von dem du mir erzählt hast, in seiner schweren Krankheit entdeckt, dass sein Gott nicht da ist, dann war sein Glaube nie da.«

Nachts sah, hörte und spürte er in der nicht enden wollenden

Gebetszeit, dass alle im Raum die Gegenwart Gottes erlebten, nur er nicht. Gegen Mitternacht wandte sich der Sheikh ein letztes Mal an ihn: »Ist deine Frage beantwortet, Martin?«

Er dachte nach und sagte: »Aus der einen Antwort sind tausend Fragen entsprungen, die ich alle nicht in Worte fassen kann.«

»Martin, Allah ist niemals abwesend, er ist auch in der Krankheit bei dir. Alles ist schon in sein Buch geschrieben. Solange es schöne Dinge im Leben gibt, ist es leicht, an Gott zu glauben. Wenn Schwäche, Krankheit, Leid und Tod kommen, ist der Gott der schönen Dinge nicht weg. Er ist Gott von allem, was es in dieser Welt gibt.

Annehmen und Loslassen! Alle wissen das, die Psychologen, Philosophen und alle spirituellen Meister sagen das.

Alles kommt von Allah, von oben. Heil und Unheil. Annehmen und Akzeptieren.«

Draußen vor dem Busfenster gleitet das Schild »Horgos 10 km« vorbei.

»Ich bin traurig und ein wenig zornig von den Sufis nach Hause gefahren. Kann das ein Gott der Liebe sein, der sich nicht zeigt? Jetzt, wo seine Gegenwart über Leben und Tod entscheidet, vielleicht …«

Mehmets Augen haben während Martins Erzählung ihren verschleierten Blick verloren. Und da Martin schweigt, sagt er:

»So wie meine Mutter irrst du dich. Seit Vaters Tod lebt sie ihren Sufi-Glauben. Schau in dein Altes Testament, dort findest du das Gesicht des Gottes Abrahams: Das eines Gottes der Rechenschaft, der Vergeltung.

Du fragst, was sich in meinem Koffer befindet? Der Wille Allahs befindet sich darin.«

Der Bus verlangsamt seine Geschwindigkeit, Laternenlicht erleuchtet düsteres Schneetreiben. Die Grenze ist nahe.

Martin holt einen Notizblock aus seiner Tasche. Er schreibt einen Satz auf das karierte Blatt, reißt es ab und hält es Mehmet hin. Der liest, sieht seinen Reisegefährten forschend an, antwortet rezitierend: »Doch keiner wird eingehen in die Heimat bei Gott, der Allahs Gebote bricht. Keiner!« Hamza steckt Martins Zettel in die Innentasche seiner Jacke. Er nimmt Martin den Block aus der Hand, schreibt und gibt den Block zurück.

»Al Walaa wa al Baraa!", liest Martin. Er kennt den Satz, erinnert sich aber nicht an seine Bedeutung.

Der Bus kommt vor der ersten Schranke zu stehen. Martin reißt das Blatt vom Block und steckt es in seine Sakkotasche.

Al Walaa wa al Baraa! Eine Ahnung steigt auf. Er weiß nun, in welchem Zusammenhang ihm dieser Satz erklärt wurde.

– Kann es sein, dass …? –

Horgoš / Röszke, 30. Jänner 2017, 12:15h
Janis

Janis hasst Grenzen. Heute umso mehr. Das Winterchaos verstärkt ihre düstere Laune. Janis erinnert sich an den Vortrag einer Sprachwissenschaftlerin, die meinte: »Jede Grenze ist eine Erzählung und keine Realität.« Und ja: Grenzen sitzen in den Köpfen der Menschen, in ihren Herzen. Sie existieren nur so lange, solange es jemanden gibt, der an sie glaubt. Mit dem Kommen und Gehen der Menschen – früher Kaiser, Könige, Päpste, heute Kanzler, Minister, Beamte – … mit deren Vergehen und den aufkommenden neuen Generationen verschwinden Grenzen oder sie verschieben sich dorthin, wo die neuen Führer sie ziehen. So war es hier am Balkan, als die Slawen, die Türken, die Österreicher, die Franzosen, die Deutschen und all die anderen kamen und gingen. Wo heute Zäune stehen, warfen in früheren Zeiten Pflugscharen die Erde auf. Und der, der die Pferde führte, hätte sich niemals dem Gedanken hingegeben, dass einmal ein unüberwindliches Hindernis seinen Acker in einen ungarischen und in einen serbischen Teil trennen könnte. Und der österreichische Offizier der zu seiner Zeit erfolgreichen k. u. k. Armee hat keinen Gedanken daran verschwendet, dass das von ihm so blutig eroberte Land einmal nicht mehr Teil des Reiches seines Kaisers sein könnte. Der Tod dieser Menschen ist Realität, die Grenzen, an die sie glaubten, waren es zu keinem Zeitpunkt.

Die uniformierten Männer und Frauen, die den Bus empfangen, verteidigen eine Erzählung.

Könnten sie zweihundert Jahre leben, behinderten Zweifel ihr Tun.

Horgoš, serbische Grenzstation, ein kahler, schmutziger Ort, den niemand gerne betritt, an dem das Gefühl des Ausgeliefertseins in die Seele kriecht.

Janis zeigt sich ruhig. Sie hat in ihrer Arbeit bei den NGOs gelernt, im größten Chaos, in den schlimmsten Gefahren, unabhängig von ihrem inneren Empfinden, als Allererstes Ruhe zu verbreiten. Sie weiß, die kleinste Kleinigkeit kann Farids und ihr Leben auf den Kopf stellen. Ebenso das Martins und Mehmets. Sie sieht die Unruhe der anderen drei. Besonders Mehmet macht den Eindruck, als ginge es ums Überleben. In seinen verkrampften Händen das Smartphone, die Wähltastatur am Bildschirm geöffnet. Wie ein Slalomläufer am Start durch Bewegung der Arme die vor ihm liegenden Torkombinationen verinnerlicht, so fährt Mehmets linker Daumen am Rande seines eingeschalteten Handys auf und ab: tipp – tipp, tipp, tipp – tipp. Immer wieder dieselbe Kombination, entlang der Zahlenreihe: 4 –1,1,1 – 7, 4 –1,1,1 – 7… Der Daumen klopft auf den Rand des Handygehäuses, dort wo die Zahlen am Display zu sehen sind. Janis hat keine Zeit, sich darüber Gedanken zu machen. Der Chauffeur verlautbart: Alle Pässe auf der Fotoseite öffnen. Der Zöllner komme in den Bus und werde die Pässe einsammeln. Und während er seine Durchsage beendet, steht der serbische Zöllner schon bei der ersten Sitzreihe.

Farid, der Alexandros sein muss, hält seinen gefälschten Pass geöffnet in Händen, sieht aus, als spielte er in einem Theaterstück ein Schaf, das seinem Schlächter den Hals präsentiert. Janis stößt ihm den Ellbogen in die Rippen, sie lächelt ihn an, nicht sehr überzeugend. Martin pfeift tonlos durch die Lippen, am Atemstrom erkennt Janis das Lied: Dietrich Bonhoeffer, von guten Mächten wunderbar geborgen … Als er Janis' Aufmerksamkeit bemerkt, lächelt er fatalistisch.

Der Zöllner befindet sich in der dritten Reihe. Er vergleicht die Bilder mit den Gesichtern und stapelt die geöffneten Pässe in den Händen. Drei Reihen noch bis zu Farid, Janis, Martin und Mehmet. Martin legt seine Hand auf Mehmets Linke, die weiterhin wie automatisiert den Rand des erleuchteten Handys abklopft. »Alles gut!«, flüstert er. Mehmets Finger stoppen die Bewegung, halten inne.

Wie ein in Ketten gelegter Wachhund beobachtet Hubert von seinem Platz aus das Geschehen. Er wirkt, als könnte er vergessen, was ihn ankettet, und jeden Augenblick losspringen.

In der Reihe vor den zwei Illegalen stellt der Zöllner dem jungen, schwarzen Mann mit harschem Ton eine Frage. Der scheint nicht zu verstehen, was man von ihm will. Der Zöllner separiert seinen Pass, legt ihn nicht auf den Stapel in seiner Linken, geht weiter. Martin pfeift nicht mehr, freundlich reicht er seinen Pass. Janis lächelt, zeigt sich von ihrer Töchterchen-Seite. Das Gesicht des Beamten bleibt unbeeindruckt. Farid: Zu schüchtern hält er den Pass hin und noch dazu ungeöffnet.

In diesem Augenblick weiß Janis nicht, warum sie das tut. Warum ist sie bereit, alles zu riskieren? Männer auf der Flucht faszinieren sie. Die, die Heimatorte zu bieten hätten, beeindrucken sie nicht. – Wovor bin ich auf der Flucht? – Diese Frage geistert durch ihren Kopf. Gibt es einen Ort, an dem sie ankommen könnte? Das Beste, was passieren könnte, wäre einen Reisegefährten zu finden. Jemand, der sie auf dem Weg an die Hand nimmt. Sie hat aufgegeben, so etwas wie Heimat zu definieren. Es gibt kein Ziel. Aber sie fürchtet sich davor, allein gehen zu müssen.

Misslaunig öffnet der Zöllner mit zwei Fingern Farids Pass auf der Fotoseite, liest den Namen Alexandros Manolis, sieht Farid ins Gesicht, legt den Pass auf den Stapel.

Mehmet hält in der Linken sein Handy, mit der Rechten streckt er den Pass hinaus in den Gang. Das Dokument wandert auf den Stapel. Weiter geht der Zöllner, zur nächsten Reihe. Hubert stößt den Atem laut und heftig aus. Keine weiteren Vorkommnisse. Der Zöllner hat alle Reihen durch, verschwindet draußen in seiner Kabine.

Der Atem der Männer des Putztrupps vor den Fenstern gefriert zu Eisrauch.

Was wird der Scanner im Zollhäuschen ausspucken? Was findet sich im Netz der Polizei über die Reisenden? Janis ist davon überzeugt, leichtfertig gehandelt zu haben. Hinter dem ungewissen Schicksal Farids warten tausend andere, gnadenlos festgesetzt. Die Welt hat sich nicht verändert durch ihre verrückte Tat. Wie kann man sich darauf einlassen, eine Pass-Fälschung auf kriminelle Art und Weise zu erwerben? Mit einer Summe, mit der man Dutzende, vielleicht Hunderte Flüchtlinge einen Tag lang ernähren könnte? Wie kann man so dumm sein und straffällig werden?

Eine Durchsage des zweiten Fahrers. Er ruft einen Namen auf. Der schwarze Bursche erhebt sich, packt seine Sachen und folgt dem Fahrer ins Zollhaus. Endlos langsam vergeht die Zeit, obwohl es doch nur fünfzehn Minuten dauert, bis der Fahrer zurückkommt, den Stoß gestapelter Pässe in der Hand. Die Türen schließen. Der zweite Fahrer rollt das Gefährt bedächtig über die glatte Fahrbahn hinaus aus der Kontrollzone der Serben. Die Pässe werden verteilt. Der Platz des schwarzen Mannes bleibt leer.

Wer etwas zu verbergen hat, weiß, dies war der einfachere Teil des Vorhabens. Die Außengrenze der EU wird einen Kilometer weiter von ungarischen Zöllnern bewacht.

Janis fragt sich, was sie tun wird, sollte sie doch unbescholten in Wien ankommen. Sie kann und wird nicht in Österreich bleiben. Aber welche Wege bleiben noch offen? Wohin soll sie gehen? Vor allem: Niemand wird mit ihr gehen. Was ja eigentlich nichts Neues ist. Hat sie Alexandros zu früh verlassen? Irgendwo in den verhüllten Tiefen ihrer Seele ist etwas Brennendes, Schmerzendes. Liegen dort die Bruchstücke der Liebe?

Der Bus rollt an die erste Schranke der ungarischen Grenze heran. Nur vereinzelt PKWs auf den Spuren nebenan. Keine Wartezeiten. Bei diesem Wetter reist nur der, der unbedingt muss. Gerüchte verbreiten sich im Bus: Der Wintersturm habe die Autobahn zwischen Győr und Wien unbefahrbar gemacht. Es werde auf Hochdruck gearbeitet, um wenigstens eine Fahrbahn freizubekommen. Hubert bekommt es mit der Angst zu tun. Jede verlorene Stunde könnte ihm den Kopf kosten. Zumindest den Kopf, der von den Wahlplakaten lacht.

»Alle aussteigen, mit Pässen!«

Martin sorgt dafür, dass die Darsteller seines Schauspiels eine Reihe bilden: Er zuerst, dahinter Mehmet, Farid, zuletzt Janis.

Der beißende Wind vereist auch das kleinste Stückchen nackter Haut. Vom Bus zum Zollhaus sind es keine zehn Meter. Die genügen, um in der eisigen Winterluft den Reisenden den Atem zu rauben.

Martin, Mehmet, Farid, Janis. Pässe auf. Nein, man kennt sich nicht. Zufällige Reisegemeinschaft. Hubert mit finsterer Miene acht Reihen hinter ihnen. Andrijana redet auf ihn ein.

In Janis macht sich ein Gefühl der Teilnahmslosigkeit breit. Sie handelt wie ferngesteuert. Emotion helfen nicht, sie stören. Später! Später bekommen sie ihren Raum. »Wie beim Pilze sammeln.« Mit diesem Bild veranschaulicht Martin bei Seminaren den rechten Umgang mit Emotion. »Gefunden, in den Korb gelegt, zuhause auf dem Küchentisch in Ruhe besichtigt, berochen, befühlt ... Keinesfalls am Fundort zertreten. Damit verbreitest du die Sporen der giftigen Gewächse über deinen Lebensboden. Und sie beginnen zu wuchern. Dort, wo sie keinesfalls hingehören.«

In Sichtweite der Kabine des Zöllners beginnt Martin seine Tasche zu durchsuchen. Öffnet alle Reißverschlüsse, greift in die verborgenen Winkel, kratzt sich die Glatze, sieht verwirrt aus.

Drei Mitreisende vor ihm bis zur Kontrolle.

Man kann Martins körperlichen Zustand erahnen, sieht man ihm dabei zu, wie mühsam er sich hinkniet. Er räumt die Tasche leer, stopft die zum Vorschein kommenden Dinge in die Jackentaschen.

Zwei Personen vor ihm.

Er schiebt die Tasche vor sich her, rutscht auf den Knien nach.

Unruhe in den hinteren Reihen. Manch einer ahnt, dass es zu Schwierigkeiten kommen wird. Das bedeutet mehr Wartezeit. Man will die Prozedur so schnell wie möglich hinter sich bringen.

»Einen muss es immer geben, der Probleme macht.«, sagt der junge Belgrader zu dem Amerikaner, der zufällig im Bus neben ihm zu sitzen kam. Und eine hübsche, junge Serbin, namens Andrijana überholt die vor ihr Wartenden, beugt sich zu dem alten Mann hinunter, der sie an ihren Vater erinnert: »Gibt es ein Problem?«

Martin, jetzt ein verwirrter alter Mann, sieht Andrijana hilfesuchend an: »Mein Pass! Im Hotel habe ich ihn in die kleine Seitentasche gesteckt. Dort verstaue ich die wichtigen Dinge, die ich keinesfalls vergessen darf.«

»An der serbischen Grenze haben Sie ihn doch sicher dort herausgenommen?«

Der alte Mann mag es nicht, wenn er für dumm verkauft wird: »Ja, ja! Sonst wäre ich ja wohl jetzt nicht hier.«

Die letzte Kontrolle vor Martin. Andrijana hilft dem alten Wirrkopf, seine Sachen zu sortieren. Der Zöllner hat längst bemerkt, was sich da vor seiner Kabine abspielt.

»Einen Moment bitte!« Andrijana lächelt den Uniformierten mit ihrem schönsten Lächeln an. Der zeigt, dass er durch nichts aus der professionellen Reserviertheit zu locken ist. Ein zweiter Zöller kommt hinter der Kabine hervor. Mit strenger Geste fordert er den Alten und die junge Frau auf mitzukommen. Das dauert. Martin braucht lange, um alles zurück in die Tasche zu stopfen.

Schließlich aber ist der Weg frei, Mehmet kann an den Schalter heran. Während der Beamte in der Kabine Mehmets Pass scannt, bespricht er sich mit seinem Kollegen. Kein Problem mit Mehmets Pass. Farids Pass in Händen des Zöllners. Martin, gestützt durch Andrijana, schiebt die Tasche in den hinteren Bereich der Abfertigung. Wortreich in allen ihm zur Verfügung stehenden Sprachen erklärt er den beiden Zöllnern sein Missgeschick. Farids Pass wird zurückgereicht. Andrijanas Pass wird in Augenschein genommen.

Nein, sie kenne diesen Mann nicht, er habe ihr nur leidgetan. Sie habe helfen wollen. Janis vor dem Schalter lächelt. Mehmet und Farid befinden sich auf EU-Gebiet. Es ist geschafft. Es ist tatsächlich geschafft! Und während Janis' Pass kontrolliert wird ein Schrei der Erleichterung des alten Mannes, dem inzwischen der Schweiß von der Stirn rinnt. Wenn die Zöllner wüssten, warum … »Da! Da ist er!« Seltsam, wie kam der Pass des alten Mannes in die Innentasche seiner Jacke? Alles löst sich in Wohlgefallen auf. Selbst den Zöllnern ist die Zufriedenheit anzusehen. Der in der Kabine ringt sich sogar ein Lächeln ab. Martin entschuldigt sich vielmals. Er möchte Geld spenden für die Kaffeekasse der Zöllner. Nein, nein, das kann nicht angenommen werden, nicht an dieser Grenze.

Hinten wartet Hubert immer noch in der Schlange, man sieht den Ärger. Janis' und Huberts Blicke treffen sich. Janis hebt ihr Handy ins Blickfeld des Parteisekretärs.

Draußen vor dem Zollhaus stehen die frierenden Reisenden, warten, dass die Gruppe durchkontrolliert ist und der Bus freigegeben wird.

Mehmet, der Hamza ist, lehnt an der Ecke des Gebäudes, sein Handy eingeschaltet in der Hand. Er beobachtet die Vorgänge beim Bus, der immer noch hinter dem Schranken steht und von zwei Zöllnern begutachtet wird. Die Kofferräume müssen geöffnet werden. Eine junge Zöllnerin mit Hund an der Leine steigt in den Bus.

»Was suchen die?«

»Drogen! Der Hund ist auf Drogen spezialisiert.«

– Gibt es Hunde, die auf Sprengstoff trainiert sind? – Hamzas Daumen am Rand seines Handys: 4 –1,1,1 – 7.

Der Hund schnüffelt in den Kofferraum. Keine Drogen. Das Tier wird belohnt und weggeführt.

»Zehn Stunden bin ich hier schon gestanden«, erzählt die Stimme hinter Hamza. »Zwanzig Kilogramm Ecstasy in einem herrenlosen Koffer im Bus hat man gefunden.«

»Zehn Stunden? Mein Gott!«

»Was glaubst du, was da los war. Die wissen schon, wie man das macht. Zuletzt wurde ein angeblicher Wirtschaftsstudent verhaftet. Besser zehn Stunden warten, als das Zeug bei den Kids in Wien.«

Der Bus rollt an. Erleichterung macht sich breit. Eben angezündete Zigaretten werden weggeworfen. Es geht endlich weiter.

Janis drängt sich im allgemeinen Getümmel an Martin heran: »Danke! Das werde ich dir nicht vergessen.« Sie küsst den alten Mann auf die Wange. »Du siehst ziemlich fertig aus.«

Der Bus fährt los. Das Wetter hat sich keineswegs gebessert. Macht nichts, Hauptsache es geht weiter.

Die Durchsage des Fahrers auf Serbisch: »In etwa zwanzig Minuten Pause beim Eurobus Saray Restorante. Aufenthalt eine halbe Stunde!«

Wien, 30. Jänner 2017, 13:00h

»Eine gute Nachricht und eine Menge schlechter Nachrichten!

Die gute zuerst: Wir haben seine Spur.

Wir sind den serbischen Geheimdienstkräften einiges schuldig. Politisch hat man die Aufklärungsarbeit mit entsprechenden Zusagen unterstützt.

Er sitzt in einem Bus Richtung Wien. Vorwiegend serbische Reisende, aber auch einige Österreicher.

Die schlechten Nachrichten?

Der Bus hat die Außengrenze der EU in Röske bereits hinter sich gebracht. Die ungarischen Behörden zeigen sich wenig kooperativ. Sie beschatten den Bus.

Und dann ist da noch der Worst Case: Hubert K., allen wohl bekannt, sitzt im Bus! …

Bitte um Ruhe!

Wenn das schiefgeht, haben wir im Frühjahr einen rechtspopulistischen Bundeskanzler. …

Okay, entschuldigen Sie meine süffisante Bemerkung. Jede Person des politischen Lebens im Lande in diesem Bus wäre eine erschwerende Herausforderung.«

Kistelek, Eurobus Saray Restorant, 30. Jänner 2017, 13:30h
Martin und Janis

Martin sitzt im Restaurant ganz hinten im zweiten Raum. Er trinkt Kaffee, der ihm vom Arzt längst verboten ist. Sein Notebook steht eingeschaltet vor ihm. WLAN ist vorhanden.

Er holt den Zettel, den sein junger Reisegefährte ihm vor der Grenze zusteckte, aus seiner Sakkotasche:

»Al Walaa wa al Baraa!", gibt er in die Suchmaschine ein. Er kennt diesen Satz; soweit er sich erinnert, lässt er nichts Gutes erwarten. In einer Diskussion über den islamischen Terrorismus sprach sein Freund Ahmad, der palästinensische Psychologe und Autor, davon. Ahmad hat eine Beratungsstelle gegen Radikalisierung islamischer Jugendlicher in Rom gegründet.

Loyalität und Lossagung, liest Martin am Bildschirm. Doktrin des zeitgenössischen wahhabitischen und salafistischen Islam. Das stärkste Glaubensband ist die Liebe zu dem, was Gott liebt, und der Hass auf das, was Gott hasst. – Gott kann also hassen. –

Dieses Prinzip dient dschihadistischen Salafisten als Argument für den bewaffneten Dschihad. Es handelt sich um einen der zentralen Sätze terroristischer, islamischer Gruppierungen.

Hat Mehmet, der kein Türke ist, sondern aus Afghanistan kommt, mit diesem Satz ein verstecktes Bekenntnis abgelegt? Oder sollte Martins Bauchgefühl diesmal in die Irre führen? Er wird es herausfinden.

Martin schreibt die Zahlenkombination, die Mehmet immer wieder an den Rand seines Handys klopft, in die Tastatur:

4 – 1,1,1 – 7

Im Islam steht 4-1-1-1 für Allah. Die Summe der Zahlen ergibt die Zahl Sieben. Sieben ist die Zahl, die auf den Namen ALLAH hindeutet.

Viele islamische Pflichten bestehen aus sieben Schritten. Das Gebet findet in sieben Bewegungsarten statt, und die Pilger in Mekka umkreisen sieben Mal die Kaaba. Die Zahl Sieben hat im Islam eine große Bedeutung.

Janis findet Martin auf seinem abgesonderten Platz:

»Mein Retter in der Not versteckt sich? Ich denke, ich werde mich ein wenig um dich kümmern müssen. Du siehst mitgenommen aus. Kein Wunder, die Sache wäre fast schiefgegangen und hätte einen schlimmen Ausgang nehmen können. Dann säßen wir jetzt getrennt voneinander hinter verschlossenen Türen.« Sie massiert Martins Schultern, setzt sich. »In meinem Kopf geht es zu wie in einem Bienenschwarm. Habe ich Scheiße gebaut? Obwohl dadurch das Leben zweier Menschen neue Chancen bekam?

Ohne dein Eingreifen hätte ich das nicht geschafft. Und dann wären drei Menschen in Schwierigkeiten.

Bei mir nichts Neues!

Und jetzt kreist Alexandros Manolis mit im Bienenschwarm in meinem Kopf herum. Der echte Alexandros Manolis. Habe ich zu früh aufgegeben?«

Eines Abends in Belgrad klingelte ihr Handy. Es ist erst wenige Wochen her. Unbekannte Nummer.

Sie hob ab. »Ja?«

»Ich bitte dich nicht aufzulegen!« Die brummende, kratzige Stimme, die vom Klangkörper eines Kontrabasses zum Schwingen gebracht wird: Alexandros.

»Sag nichts! Hör zu!«

Er legte das Handy vor sich hin, nahm die Bouzouki und spielte:

Cry Baby, weine meine Liebe. Kretische Gebirgswelt, ägäische Meereswellen. Janis Joplin, weit, weit weg, an der fernen Küste am anderen Ende der Welt.

»Ich weiß nicht, wer von uns beiden mehr geweint hat, Janis?«

Janis brachte kein Wort hervor. Es gelang ihr auch nicht, mit einer kleinen Fingerbewegung das Gespräch zu beenden. Eine Zeit lang hörte man nur, wie das Rauschen der Welt durch den Äther flog.

Dann schien es das Meer an der Küste vor Agios Nikolaos zu sein.

»Ich würde dich gerne sehen!«

Sie hörte, wie das Blut durch ihre Adern pochte.

»Was soll sich geändert haben?«

»Nichts! Und das ist gut. In guten und in schlechten Tagen. Weißt du noch? …«

Und dann machte sich ihr Mittelfinger selbstständig und flog auf die Trennungstaste. Und ihr Herz schrie: »Bist du zu blöd, um …!« Ja, was? Ihre Beine zitterten. Sie musste sich hinlegen. Und die Nacht brachte Träume von sterbenden Welten und weinenden Seelen.

»Was sagst du dazu?«

»Ich befürchte, wir müssen uns erst weiter mit dem eben erlebten Abenteuer beschäftigen. Es ist noch nicht vorbei.

Was das Vergangene betrifft, würde ich dich gerne unterstützen, den Sinn zu finden, sollte ich dazu dann noch fähig sein. In einem Sandsturm sieht man nichts, man muss warten, bis die Sicht klar ist. Dann erzähle ich dir auch von dem Sandsturm, in dem ich feststecke. Aufgrund meiner Verfassung dürfte es Mehmet nicht schwergefallen sein mich zu täuschen. Wobei ich mich immer noch irren kann.

Ich befürchte, Mehmet gehört zu jenen, die wir nicht in der EU haben wollen.

Seine Unsicherheit ist mir schon in Belgrad aufgefallen. Aber es ist ihm gelungen, in immer wieder neue, glaubhafte Identitäten zu schlüpfen. Er kommt aus Afghanistan, so viel steht fest. Es gibt ernst zu nehmende Anhaltspunkte, dass er ein Mudschahed ist, ein Gotteskämpfer. Wir werden das herausfinden müssen. Farid spricht seine Sprache. Er soll sich an ihn heranmachen und klären, wer Mehmet ist.«

Janis verspricht, Farid darum zu bitten.

Wien, 30. Jänner 2017, 15:45h

»Bitte Ruhe!

Die Ungarn beobachten, sind aber nicht bereit einzugreifen. Zu hohes Risiko!

Wir müssen sie nach der Grenze abfangen.

Nach langen Diskussionen mit unseren Experten haben wir ein mögliches Szenario ausgearbeitet.

Dafür ist es notwendig, Hubert K. rechtzeitig zu informieren.

Sehen Sie sich die Unterlagen an, ich erwarte Ihre Vorschläge. Zu befürchten ist, dass wir keine andere Möglichkeit haben.

Wir sind da mit allem, was wir aufzubieten haben: Scharfschützen, Antiterror-Kommando, Sprengstoffentschärfung, Polizeieinheiten.

Die Chancen für ein Gelingen der Aktion werden besser, je mehr Informationen wir aus dem Bus bekommen, ohne mehr als die nötigen Informationen in den Bus hinein zu transferieren. Heikle Aufgabe! Durchzuführen von unseren Kommunikationsexperten.

Mögliche Opfer müssen leider einkalkuliert werden.

Keinesfalls darf der Bus bis Wien kommen!«

Kistelek, Eurobus Saray Restorant, 30. Jänner 2017, 13:50h Hubert

Er hat sich mitten im Gewühl der Reisenden an einen Tisch platziert. Musik, Gesprächslärm. Ohne Vibration hätte er den Signalton des Handys überhört.

Karl, sein Anwalt des Vertrauens. Er vertraut ihm, weil das viele Geld, das er ihm regelmäßig überweist, wohl ein guter Anreiz ist, den potenten Klienten nicht enttäuschen zu wollen:

»Die Schlacht ist verloren, bevor sie überhaupt für uns begonnen hat.« Karls Stimme seltsam ruhig.

»Was soll das heißen?« Hubert schirmt mit der Hand das zweite Ohr ab, um verstehen zu können.

»Das heißt, der Vorstand der Partei hat rechtsgültig, weil mit Mehrheit, die Ruhestellung all deiner Parteifunktionen entschieden.«

Hubert schnellt in die Höhe. Er nimmt die Jacke von der Lehne, dreht sich mit der freien Hand den Schal um den Hals und eilt dem Ausgang zu: »Spinnen die?!«

»Die nehmen nur den Faden auf, den du gelegt hast, und ziehen daran. Schnapp, Falle zu.«

»Was heißt das jetzt?«

»Das heißt, vorerst gibt es kein Instrumentarium, mit dem du offiziell darauf Einfluss nehmen kannst, was die Partei nun entscheidet. Du bist parteipolitisch tot. Schlangenbiss! Unter der Hand bleiben Möglichkeiten, die aber allesamt etwas, na sagen wir, ungiftig sind. Wer gewinnt, die Kreuzotter oder die Blindschleiche?«

Zu Scherzen ist Hubert nicht aufgelegt: »Wer die Kreuzotter ist, das werden die zu spüren bekommen. Sechzig Prozent der Parteigänger sind meine Follower. Und bevor ich angefangen habe, stand der Faktor der Stammwähler bei acht Prozent, jetzt sind es gute zwanzig Prozent. Siebzig Prozent der Lemminge kann ich beeinflussen. Die stelle ich aufs Spielbrett. Da bleibt kein freies Feld mehr. Die sind schachmatt! Der Krieg ist gewonnen, bevor sie einen weiteren Zug machen können.«

»Beruhige dich, denk logisch!

Die verheerenden Meldungen zu deinen heimlich gefilmten Aussagen in Serbien, die zeigen Wirkung …«

»Die Macher dieses elenden Videos verklagen wir. Wo kommen wir denn hin, wenn private Gespräche heimlich gefilmt und veröffentlicht werden können. Das ist nicht weit entfernt von stalinistischen Zeiten.«

»Halt doch einmal die Luft an. So kommen wir nicht weiter. Eine Chance sehe ich im Verhalten deiner lieben Helga. Ich zitiere: Sag ihm, wenn er dafür sorgt, dass ich einen einflussreichen Posten im politischen Geschäft bekomme, natürlich mit entsprechender Honorierung … Und wenn er den Scheidungsantrag zurücknimmt … Jeder geht seinen Weg hinter den Kulissen, aber der Schein eines glücklichen Paares bleibt aufrecht …«

»Erwürgen könnte ich sie. Sie war es doch, die die Scheidungsklage eingereicht hat.«

»Das bringt lebenslänglich.«

»Was?«

»Wenn du sie erwürgst. Beim derzeitigen Stand kommst du ohne Freiheitsentzug davon.« Karl lacht. Hubert schüttelt den Kopf.

»Du bekommst folgendes Mandat von mir, Karl.

Die Mappe in deinem Safe darfst du jetzt öffnen. Die Dokumente, die du findest, nützt du für ein Gespräch mit Fritz unter Ausschluss der Öffentlichkeit. Suche dir die heikelsten Passagen heraus und mach meinem Freund Fritz klar, das findet er morgen im öffentlichen Diskurs und vor Gericht wieder, wenn er nicht sofort alle Aktivitäten gegen mich einstellt. Der Vorstand der Partei hat heute noch bis 24:00 Uhr Zeit, seine Entscheidung zurückzunehmen.«

»Das meinst du ernst?«

»Sehr ernst, Karl.«

»Ich prognostiziere dir, die Partei hat keine andere Wahl. Sie werden dich fallenlassen.«

»Ich prognostiziere dir, die Herren werden sich in die Hosen scheißen. Sie haben die Wahl zwischen feuchtem und trockenem Klopapier.

Meine Verehrung lieber Freund!« Hubert kappt das Gespräch. Mitten im Wintersturm läuft er dahin. Als er zurück ins Gebäude eilt, läutet das Handy erneut:

»Guten Tag Herr Parteisekretär. Franz Pleschek vom BVT, Direktor des Bundesamtes für Verfassungsschutz und Terrorismusbekämpfung.«

Nach dem ersten Schreck stellt Hubert sich auf kompromisslose Verteidigung ein. Was wollen die? Was hat sich zu denen durchgesprochen?

»Keine Sorge wegen meiner ungewöhnlichen Kontaktaufnahme zu einem unerwarteten Zeitpunkt. Wo befinden Sie sich derzeit?«

Hubert beschreibt seinen Aufenthaltsort.

»Ich bitte sie eine Umgebung aufzusuchen, an der niemand unser Gespräch mitverfolgen kann.«

Hubert sucht, sucht lange. Überall geistern die Busreisenden herum. Er entscheidet sich für den Raum, in dem Martin und Janis ganz hinten sitzen. Direkt bei der Türe gibt es eine ruhige Ecke.

»Wir haben uns entschieden, Ihnen heikle Informationen zukommen zu lassen. Informationen, die Leben retten können.«

Was soll man auf derart kryptische Aussagen antworten?

»Ja?«

In kurzen Worten beschreibt Pleschek die durch den amerikanischen und serbischen Geheimdienst aufgedeckte Gefahrenquelle. Hubert benötigt keine langen Instruktionen, er weiß augenblicklich, um wen es sich handelt: »Der sitzt in unserem Bus. Ist mir sofort verdächtig vorgekommen.«

Ruhig erklärt Pleschek weiter die Lage: eine Bombe in die Verschalung des Koffers gebaut. Fernzündung per Funk, wahrscheinlich über ein handelsübliches Handy. Vorerst niemanden darüber informieren. Die Ungarn beobachten, auch jetzt in diesem Moment, greifen aber nur im Notfall ein.

»An der österreichischen Grenze wird der Bus durch Polizeibeamte angehalten und routinemäßig oberflächlich einer Kontrolle unterzogen.

Wir verschaffen den WEGA-Leuten einen ersten Überblick über die Situation. Der Kofferraum wird geöffnet, und wir hoffen, dass es uns gelingt, besagtes Gepäckstück unbemerkt aus dem Bus zu bekommen. Der ASFINAG-Rastplatz Maria Ellend, 20 Kilometer vor Wien, wird evakuiert und von Beamten in Zivil besetzt, was den Eindruck eines ganz normalen Betriebs ergeben wird. Trotzdem bedarf es höchster Wachsamkeit, wir wissen nicht, ob der Täter über weitere Waffen verfügt.

Es wird sich dort vor Ort die Gelegenheit eines Zugriffs ergeben.«

Hubert ist bleich und still geworden. Obwohl er bemüht ist, sich zu beherrschen.

»Mit welcher Absicht informieren Sie mich, Herr Direktor?«

»Wir benötigen Ihre Hilfe. Sammeln Sie Information über den Mann, so unauffällig wie möglich. Alles! Was er tut, was er isst, was er sagt, welche Gegenstände er mitführt, wo sein Handy ist. Wo genau er im Bus sitzt. Vielleicht gelingt es Ihnen, ohne aufzufallen, ein Foto von ihm zu schießen?«

»Darf ich jemanden einweihen?«

»Wir raten dringend davon ab. Jeder Informierte ist auch ein potenzielles Leak. Der Täter muss sich in Sicherheit wähnen.

Eine Ausnahme: bei Gefahr im Verzug rasch und unverzüglich so viele wie möglich informieren, die Flucht aus der Gefahrenzone einleiten.«

»Da verlangen Sie von mir etwas, das mehr als schwierig sein könnte.«

»Es ist unsere einzige Möglichkeit.«

»Und was ist, wenn etwas aus dem Ruder läuft?«

»Wir und die Öffentlichkeit werden Ihre aktive Teilnahme bei der Verhinderung dieses Desasters hoch anrechnen. Morgen haben Sie dann andere Schlagzeilen in den Zeitungen, verglichen mit denen von heute, wenn Sie mir erlauben, darauf Bezug zu nehmen.«

Ein Schwenk vollzieht sich in Huberts innerer Befindlichkeit.

Heldenreise!

Wer sollte ihn danach unbeschadet »anpatzen« können? Wenn er das überlebt, ist er der Hero des Jahres, des Jahrzehnts, des Jahrhunderts! Niemand würde sein Gegner sein wollen.

– Der direkte Weg ins Bundeskanzleramt! Die Dreckskerle mit ihrem Video können brausen gehen! –

Eine regelrechte Euphorie hebt Hubert in den Himmel seiner kühnsten Vorstellungen. Seine Geschichte wird ganz Österreich prägen. Er sieht Fritz, nach seinem Parteiausschluss. Traurig dieser gefallene Mann. Helga? Ab hinter den Mond! Sonst wer? Keiner wird es wagen, den Kopf hinter der Deckung hervorzuheben. Niemand! Lauter Bewunderer und Speichellecker!

»Sie können sich auf mich verlassen«, sagt Hubert in staatstragendem Ton. »Verabschieden Sie sich von allen Bedenken, Herr Direktor. Ich bedanke mich für Ihre hoch professionelle Arbeit. Ich werde das nicht vergessen. Sie hören von mir ab sofort in regelmäßigen Abständen.«

»Eine letzte Instruktion vorerst noch Herr Parteisekretär. Zehn Minuten bevor die österreichische Grenze erreicht wird, melden wir uns über ihr Handy. Ein Serbisch sprechender Spezialist wird den Busfahrer informieren und instruieren. Sie sorgen für die Kontaktvermittlung. Geben Sie dem Chauffeur das Handy in die Hand und sagen Sie: Ein Anruf für Sie. Kein Wort mehr. Und keine Sorge, wir wissen inzwischen immer genau, wo der Bus sich befindet. Die Ungarn haben einen GPS-Sender am Fahrzeug angebracht.« Einige weitere Erklärungen folgen, bevor Pleschek das Gespräch beendet.

Da sitzt er jetzt, Hubert K., der Gefallene, der wie Phönix aus der Asche wiedererstehen wird. Mehr noch, die längst geschürten Ängste vor dem großen Terrorangriff würden nun dafür sorgen, dass seine Beliebtheitswerte ihn an die Spitze der Liste setzen. Der wichtigste Mann des Landes. Ein wenig Größenwahn steckt in jedem Menschen.

Martin ist aufgefallen, dass in der anderen Ecke des Raumes etwas Ungewöhnliches vorgeht. Seine Abgelenktheit weckt Janis' Aufmerksamkeit, und als sich ihre Blicke treffen, meint Martin: »Dem ist alles zuzutrauen. Wir müssen ihn im Auge behalten. Er darf nicht davon bemerken, dass wir Mehmet verdächtigen. Mit Freuden würde er Mehmet und Farid in den Abgrund versenken.«

Janis sucht Farid. Der steht an einem Fenster, blickt hinaus ins Schneechaos.

»Was ist los?«

»Genau so war es in den Bergen an der türkischen Grenze.«

»Jetzt aber bist du in Sicherheit!«

Mit Bedacht spricht Janis über Mehmet und Bruder Martins Vermutungen. Sie bittet Farid sich an Mehmet heranzumachen und nach Fakten zu forschen.

»Er hat bemerkt, dass wir aus der gleichen Weltgegend kommen. Er beobachtet mich und hält sich so gut wie möglich fern von mir. Irgendetwas stimmt mit ihm nicht und er ist sich darüber klar, ich bin sein größtes Risiko. Er hat Angst davor, dass ich ihn durchschaue.

Aber ich werde es versuchen.«

Kistelek, Eurobus Saray Restorant, 30. Jänner 2017, 14:00h
Farid und Mehmet

Zwischen Traum und Wirklichkeit, in einem seltsamen Schwebezustand, so fühlt er sich. Sollte es tatsächlich wahr sein? Ist die letzte Hürde genommen? Sie liegt irgendwo dreißig Kilometer hinter ihm. Mehr als ein Jahr ist vergangen, seit ihn sein Freund in Teheran in sein Auto setzte. Über ein Jahr lang befindet er sich auf der Flucht. Und die längste Zeit davon war er ein Gefangener in Belgrad. Wie oft stand der Tod vor ihm? Irgendwann hat er aufgehört zu zählen, ist im Augenblick geblieben, um diesen zu überleben.

Was einmal sein Leben ausmachte, hat er aus den Augen verloren. Wohlstand, herrliches iranisches Essen, Wein, Bier, Schnaps, mit Freunden genossen. Ja das vor allem, mit anderen die Leichtigkeit des Seins genießen und die Liebe spüren. Nicht ausnahmslos jedem misstrauen müssen, aufhören können, wachsam zu bleiben, immer, überall. Er sieht das Messer blitzen, das ihm ein Pakistani an die Kehle setzen wollte, Farid hatte vom gemeinsamen Gott der Kinder Abrahams gesprochen. Danach vermied er es, über Religion zu sprechen. Über alles, wofür ein Herz brennen könnte: Götter, Politiker, Staatszugehörigkeiten, geliebte Menschen … Er kann auch nicht verhindern, dass sich Hass in seine Gedanken einnistet. Jetzt, wo alles abfallen soll, jetzt steht das alles deutlich vor seinen Augen.

Er sieht sich als kleiner Junge.

Seine Mutter hat er so lange nicht in Ruhe gelassen, bis sie einwilligte, ihn heimlich zum Unterricht beim besten Tar-Spieler Teherans zu schicken. Die Mullahs haben die Musik verboten und folgten damit der islamischen Tradition, wie sie meinten. Warum? Weil Musik den Verlust des Verstandes bewirke. Und das habe wiederum unkontrolliertes Verhalten zur Folge und entfache verbotene Leidenschaften. Hat nicht der Prophet gesagt: »Musik zu hören führt zu Zwietracht, so wie Wasser zum Wachsen der Vegetation führt.« Das hat er gesagt? Die Mullahs erstellten ihren Moralkodex, den jeder zu befolgen hatte. Musik hatte im Iran eine lange und angesehene Tradition. Nun zählt sie zu den verbotenen Dingen des Lebens, sie ist »haram«. Aber welchem Diktator, welchem Fürst der Religion, ist es gelungen, die Verzauberung der Welt zu verbieten? Ayatollah Khomeini predigte: »… Musik ist wie eine Droge, wer immer sich ihr hingibt, ist nicht mehr in der Lage, sich wichtigen Aktivitäten zu widmen. Wir müssen sie vollständig eliminieren.« Und, was geschah? Im Untergrund lebt die Musik weiter, wie nie zuvor. Weil verbotene Lust die schönste ist?

Der kleine Junge Farid geht durch Teheran, seine Tar hat er in seiner Tasche versteckt. Er ist auf dem Weg zu seinem verehrten Lehrer. Ihn liebt er über alles, obwohl er manchmal ein wenig zu streng sein kann. Farid weiß, er ist dabei, Verbotenes zu tun. Doch hat nicht die Mehrheit der Menschen im Land Wege gefunden, das Verbotene hinter den Kulissen des Erlaubten zu tun? Manchmal hört man, jemand habe es mit den Revolutionsgarden zu tun bekommen. Man fürchtet sich davor, ist aber überzeugt, einem selbst könne so etwas nicht passieren. Man ist auf der Hut. Was die Mullahs für Teufelswerk halten, wird mit allen Mitteln der Macht bekämpft.

Der Junge Farid sieht die drei Gardisten auf sich zukommen. Er wird festgehalten. Beschimpft. Man jagt dem Jungen Angst ein. Große Angst. Erstmals erlebt er am eigenen Leib, was er aus Erzählungen kennt. Man fasst ihn grob an. Reißt ihm die Tasche weg. Findet das Musikinstrument, zerbricht es vor seinen Augen. Ein Pistolenlauf sitzt an seiner Schläfe. Momente, in denen er nicht weiß, ob jeden Augenblick abgedrückt wird. Man nimmt ihn mit. Er kann nicht schreien oder weinen, bleibt stumm aufgrund des Ungeheuerlichen. Mutter sieht er kläglich weinen. Wie sieht sein geschundener Leichnam aus?

Die Gardisten werfen ihn in eine Zelle. Ein kahler, fensterloser

Raum, aber er ist am Leben. Für den Rest des Tages und die Nacht bleibt er im Dämmerlicht des gespenstischen Gefängnisses. Niemand weiß, was mit ihm geschehen ist. Sicher suchen alle nach ihm, die es gut mit ihm meinen.

Am Morgen betritt ein finster blickender Mann die Zelle. Er packt den Jungen und reißt ihn von der Liege. »Du bist zum Tode verurteilt!«, schreit er ihn an. Er schlägt ihn ins Gesicht. »Weißt du nicht, was Allah gebietet?« Der Junge glaubt seinem Ende nahe zu sein. Er fällt in sich zusammen. Es ist aus mit ihm. Weil er seiner Liebe nicht Halt gebieten konnte, ist es aus. Farid liebt die Musik. Zu diesem Zeitpunkt mehr als alles andere. Ist es nicht gut, das zu tun, was man liebt?

»Sollten wir dich noch einmal erwischen, bist du tot. Und jetzt geh. Sag deiner Mutter, ihre Berühmtheit wird sie nicht schützen. Beim nächsten Mal holen wir uns auch sie. Wenn du die Gebote Allahs nicht für dich einhalten willst, dann tue es wegen deiner Mutter!«

Und dann geht der Junge durch die Straßen Teherans. Und er fühlt sich allein wie selten in seinem bisherigen Leben.

Ajatollah Ruhollah Chomeini kam einige Jahre vor diesem Vorfall ins Land und wurde politischer und religiöser Führer der Islamischen Revolution, als Farid vier Jahre alt war. Zwei Fotos hat Farid jenen vor Augen geführt, die die Mullah-Diktatur verteidigten. Ein bestimmter Platz in Teheran, einmal aufgenommen zu Zeiten des Schahs und einmal zu Zeiten Chomeinis. Eines bunt und voller Schönheit und Leben. Das andere düster, schwarz, tot. Das bunte Leben ist aus der öffentlichen Landschaft verschwunden.

Natürlich hat Farid nach seiner Verhaftung seine damalige Liebe nicht verbannt. Wie auch? Seine Mutter hat ihm Mut gemacht, das zu leben, was er liebte. Nur mit etwas mehr Klugheit und Vorsicht. »Du musst in zwei Welten leben. Und du musst in der einen die Rolle des Angepassten und Unauffälligen spielen«, sagte sie. Er versuchte es. Viele Jahre versuchte er es. Meistens ist es gut gegangen. Ein Missgeschick reicht, und die Mullahs reißen dir dein Herz aus der Seele. In diesem Fall darf man sich noch zu den Glücklichen zählen. In anderen Fällen zerstören sie den Garten der Lebendigkeit. Der Tod wartet an allen Ecken des Gottesstaates …

Jetzt hat Janis ihn gebeten, vorbehaltlos und unauffällig die Nähe eines Mannes zu suchen, der ein Mudschahed sein könnte. Es ist ihm, als sollte ein Reh die Freundschaft eines Wolfes suchen. Weiter schweift sein Blick durch das Schneetreiben. Die Bilder der Vergangenheit laufen vor seinem inneren Auge:

Da ist sein Halbbruder Malik. Sein Name bedeutet, was er geworden ist: Wächter! Türsteher des siebenten Himmels, des Paradieses. Malik hat das gleiche Naturell wie Farid: Ein unbändiges Bedürfnis nach Wahrheit. Die Jagd nach dem Sinn des Lebens und der Welt. Malik ist aber einen anderen Weg gegangen. Schon als Schulkind stürzte er sich in die »Wahrheit« des rechten Glaubens. Es mag an den Lehrern gelegen sein, die seine Lust an den Worten des Korans förderten. Malik saß freiwillig, über das normale Maß hinaus, vor dem Buch und lernte die Suren auswendig. Ohne Unterlass. Farid nennt es Gehirnwäsche, sie lässt keine freien Gedanken mehr zu.

So unterschiedlich derselbe Platz Teherans zu Zeiten des Schahs und zu Zeiten der Mullahs aussah, genauso geben die beiden Halbbrüder verschiedenartige Bilder ab.

Einige Jahre versuchten Farid und Malik einander zu umwerben. Einige Jahre gelang es ihnen, einander gewähren zu lassen. Doch mit der beginnenden Mannesreife Maliks verschärfte sich der Konflikt. Je länger der Halbbruder von den Mullahs beeinflusst wurde, umso tiefere Gräben zogen sich zwischen den Brüdern. Als dann auch Farid zum Mann wurde, brach ihre Beziehung völlig ab. Wenig später verließ Malik die Familie und zog sich in eine Brüdergemeinschaft zurück.

Vor allem Mutter litt darunter, denn sie liebte jedes ihrer Kinder, so unterschiedlich sie auch waren. Sie brauchte ihre Kinder um sich.

Farid traf Malik ab diesem Zeitpunkt immer seltener.

Eines Tages saß Malik im Theater. Farid spielte im Stück eines jungen iranischen Autors die Hauptrolle. Er hatte die Sätze zu sagen: »Wir glauben. Es ist nicht mehr als Glauben.« Der Zensur hatte man diese Sätze im abgelieferten Manuskript vorenthalten, andernfalls hätte eine Aufführung niemals stattgefunden.

Als Farid nach der Vorstellung das Theater verließ, stand Malik plötzlich vor ihm. Nicht allein, mit zwei jungen Männern.

»Ich warne dich Bruder!«, drohte er. »Solltest du weiterhin Allah, den Islam oder seine Vertreter auf Erden verhöhnen, muss ich dich züchtigen.« Fast hätte Farid angefangen zu lachen, im ersten Moment glaubte er an einen Scherz. Dann begriff er. Malik meinte, was er sagte.

»Ich bitte dich«, so seine weiteren Worte, »wirf dein Leben nicht weg.« Der Bruder drehte sich um und verschwand mit seinem Anhang in der Dunkelheit. Farid vergaß dieses letzte Aufeinandertreffen mit der Zeit. Erst nach einem weiteren denkwürdigen Ereignis vor einigen Monaten, als sich Farid schon in Belgrad befand, kam ihm alles wieder in Erinnerung.

Endlich gelang es ihm, Ziwa am Telefon zu sprechen. Ziwa, seine Frau, die er schon so lange vermisste. Beim ersten Wort wollte ihm das Herz zersprengen. Nach weiteren Worten der Sehnsucht seiner Frau spürte er den Klang ihrer Stimme wie Medizin in seinem schwachen Herz. Es gehe ihr gut. Sie lebe im Teheraner Untergrund. Sie gebe den Kindern der christlichen Glaubensgeschwister Unterricht in den Fächern, von denen sie in der Schule nichts hörten. Ja, sie fühle sich sicher. Ein wenig isoliert von der Welt. Aber was, so fragte sie, sollte ihr an der Welt der Mullahs fehlen. Sobald er einen sicheren Hafen für sie beide gefunden habe, wofür sie täglich bete, werde sie ihm folgen.

Fast nebenbei berichtete sie davon, dass man inzwischen wisse, wer Farid bei der Religionspolizei verklagt habe. Als er, hellhörig geworden, fragte, wer es gewesen sei, antwortet sie mit nur einem Wort: »Malik.«

Das konnte und wollte Farid nicht glauben. Fast hätte er Ziwa zornig gemaßregelt bei diesem ersten Gespräch nach so langer Zeit. Aber Ziwa berichtete von Beweisen und Zeugen, die keinen Zweifel zuließen.

Sein Halbbruder Malik, der den Islam liebt wie niemand sonst. Hatte Malik tatsächlich Schuld an dem, was ihm widerfahren ist?

Das hatte er! Malik liebt seinen gestrengen Gott mehr als seinen Bruder.

Und nun? Nun sollte er sich freundschaftlich gegenüber einem ebenso radikal denkenden Glaubensbruder Maliks verhalten. Vermag er das? Er spürt ein flaues Gefühl im Magen. Der Gott, der Angst verbreitet, sitzt tief in seinem Denken. Wen wundert es?

Farid will es Janis zuliebe tun. Sie hat ihn aus dem Gefängnis geholt. Seinerseits hat er sie bisher nur enttäuscht. Ihr zuliebe wird er sich an den Afghanen heranmachen und herausfinden, wer er ist und was er vorhat zu tun. Aber zuerst tut er, wofür er seit der Grenze einen Weg sucht. Er telefoniert. Er muss Ziwa sagen, dass sie bald zusammen sein werden.

Mehmet, wo ist er? Er mag die Nähe der anderen nicht. Farid wird ihn dort suchen, wo sich die wenigsten Menschen aufhalten. Draußen.

Tatsächlich findet er ihn auf der windgeschützten Seite, dort, wo die Holztische für Sommergäste stehen und diese im Schatten des Daches der Hitze entkommen können. Jetzt ist das der einzige Ort, wo man dem Schneetreiben entkommen kann.

Da steht er und raucht. Farid stellt sich neben ihn. Eine Weile herrscht Schweigen. Farid muss das Gespräch klug in die Wege leiten: »Bruder, du erträgst die Kuffar genauso wenig wie ich?«

Keine Antwort. Nicht einmal ein Blick.

»Hier kann ich ihnen ausweichen. Im Bus nicht.«

Keine Antwort. Mehmet raucht still vor sich hin. Dann aber holt er die Marlboro-Schachtel hervor, inzwischen ist sie etwas zerknüllt und halb leer, und hält sie Farid hin.

»Danke!« Farid raucht nur selten, das aber ist die richtige Gelegenheit. »Kann ich mir nicht leisten.«

»Ich auch nicht. Der alte Mann hat sie mir aus Mitleid geschenkt. Aus Mitleid.«

»Allah sei Dank, alles ist an der Grenze für uns gut verlaufen. Du hast bemerkt, dass ich mit gefälschtem Pass unterwegs bin?«

»Habe ich.«

Wieder eine Pause, bis die erste Frage Mehmets kommt: »Warum?«

»Warum was?

Warum ich einen gefälschten Pass habe? Weil man mich mit meinem echten Pass, wenn ich ihn besitzen würde, niemals über die Grenze gelassen hätte. Die Balkanroute ist geschlossen, wie du weißt.«

»Weiß ich.«

»Und du? Warum reist du mit falscher Identität?«

Mehmet erzählt von den Geldforderungen der Taliban. Farid lächelt.

»Mir kannst du die wahre Geschichte erzählen.«

Mehmet, der Hamza ist, sucht die unverfängliche Identität für diese Situation. Er, Hamza, trage den wahren Glauben nach Europa. Der Dschihad verlange, sich so sehr anzustrengen, wie es einem möglich ist im Kampf gegen den Unglauben.

»Du bist ein Mudschahedin?«

»Durch Sprechen der Wahrheit, durch Taten und durch Züchtigung des eigenen Herzens.«

»Allah verlangt von uns, das Schwert in die Hand zu nehmen.«

Prüfend sieht Hamza Farid an: »Wenn es keine anderen Wege

gibt.« Farid hört in den Worten seines Gesprächspartners die auswendig gelernten Phrasen. Farid hat seinen Halbbruder Malik reden hören über den Dschihad und den Kampf gegen die Ungläubigen, er hat erlebt, mit welcher emotionalen Wucht Malik um sich schlug.

Dieser hier ist keineswegs von Allah entzündet. Fast scheint es, als gefiele ihm der wahre Glauben nicht. Es brennt aber etwas gefährlich in ihm. Was? Das bemüht er sich, mit allen Mitteln geheim zu halten.

Das gilt es herauszufinden.

So berichtet Farid Janis, die ihn mit an Bruder Martins Tisch nimmt. Martin ist beruhigt. Vielleicht hat er dem Burschen unrecht getan. Falsche Verdächtigungen?

Da hinten sitzt Hubert. Er sieht so aus, als würde er auf Nadeln sitzen. Manche Worte erreichen ihn, die fehlenden versucht er zu erraten. Mit zusammengepressten Lippen sitzt er da und hält sich mit beiden Händen am Tisch fest.

»Was ist los mit dem Herrn Parteisekretär?«, fragt Janis zuerst sich selbst und dann die anderen.

Ungarn, Komitat Bacs - Kiskun, 30. Jänner 2017, 14:30h
Hubert und Andrijana

»Ich darf nicht, aber ich kann nicht anders!«, flüstert Hubert Andrijana ins Ohr. »Ich brauche eine Verbündete. Kannst du versprechen, etwas ohne Kompromisse geheim zu halten?«

Andrijana nickt.

»Etwas, das nicht leicht zu verkraften ist?«

Andrijana versteht das Drama nicht, das ihr Sitznachbar veranstaltet.

»Ich bin eine Frau. Ich kann alles verkraften!«

Der Bus bewegt sich zurück auf die Autobahn. Der Fahrer hat verlautbart, die Verkehrslage habe sich etwas beruhigt. Zumindest eine Spur sei Richtung Wien wieder frei.

»Erschrick nicht! Du musst ruhig bleiben! Wir haben eine Bombe an Bord.« Andrijanas Kopf wirbelt herum, mit weiten Augen starrt sie ihren Sitznachbarn an. Dem fällt nichts Besseres ein, um die Aufmerksamkeit der anderen von Andrijanas Schreckensreaktion abzulenken, und küsst sie auf den Mund.

»Du flirtest Hardcore!«, sagt die Überrumpelte, nachdem sie sich erholt hat.

»Glaub mir, was ich sagte, ist genau so Realität. Unter uns liegt eine in die Verpackung eines Koffers eingebaute Bombe. Und da vorne – nicht hinsehen – als ob ich es geahnt hätte – da sitzt ein Al-Quaida-Terrorist. Davon müssen wir ausgehen. Ich wäre nicht überrascht, wenn sich der illegale Begleiter von Frau Manolis als zweiter Mann im Terrorteam herausstellen würde. Wir werden das herausfinden.

Keine Angst, ich habe den Kontakt mit dem österreichischen Amt für Terrorbekämpfung hergestellt. Ich hoffe, jetzt ist dir klar, wie wichtig es ist Europa zu verteidigen? Frau Manolis ist nicht in gutmenschlicher Mission unterwegs, sie ist die Verursacherin dieser unglaublichen Gefahrensituation. Aber wir werden verhindern, dass ihre Naivität eine Katastrophe auslöst. Wir haben einen Plan, der nicht schiefgehen kann.« Kurz und knapp erläutert Hubert »seinen« Plan. Andrijana ist bleich geworden, trotz ihres bronzenen Teints. – Er meint das ernst. Kein Fake! Kein böses Spiel! –

»Jetzt verstehst du, warum ich so vehement den Schutz des Abendlandes vertrete?

Du musst mir helfen alles – die kleinsten Details – über die Verdächtigen herauszufinden. Ich konzentriere mich auf den angeblichen Türken, du auf den falschen Griechen. Ich Mehmet, du Alexandros.

Seine Sitzplatznummer? Sein Gepäck im Bus? Seine Kleidung? Sein Handy? Welche Sprachen versteht er? Mit wem ist er in Kontakt? Was isst er? Was trinkt er? Sein Gewicht? Seine Augenfarbe? Seine Gewohnheiten? Raucher? Erzählt er aus seiner Vergangenheit?

Einfach alles. Auch das, was dir unwichtig erscheint. Du schreibst deine Beobachtungen in dein Handy und schickst mir die Datei per WhatsApp. Meine Leitung wurde freigeschaltet. Ich sorge dafür, dass die Informationen das Amt für Terrorismusbekämpfung erreichen.

Nichts darf auffällig geschehen. Keiner im Bus soll etwas bemerken. Im Notfall – bei eindeutigen Anzeichen eines Angriffsszenarios – muss schnell gehandelt werden. Sieh dir an, wo die Notfallhämmer montiert sind. Mit denen die Scheiben zertrümmern. Wie viele Schritte von hier zum Ausgang? Überlass es mir, die Mitreisenden zu warnen.

Vielleicht kommt der Zeitpunkt, zu dem wir die Sitznachbarn der Verdächtigen einweihen. Rechtzeitige körperliche Attacken könnten die Gefährder eliminieren. Obwohl, ich befürchte, keiner von denen hat jemals einen Selbstverteidigungskurs absolviert.

Was noch?

Willst du in Österreich mit mir ein neues Leben beginnen?«

Die Provokation holt Andrijana zurück in die Gegenwart.

»Ich meine es ernst«, ergänzt der Herr Parteisekretär. Andrijana hält den Zeitpunkt nicht für geeignet, um den Mann zu enttäuschen.

»Jetzt geht es um das Verhindern einer Katastrophe, soweit ich verstanden habe. Alles andere später.«

»Ein Nein?«

»Wie soll ich unter diesen Umständen mich mit solchen Fragen beschäftigen?«

»Ich werde dir in Wien – wenn alles vorbei ist – die gleiche Frage stellen.«

Und los. Fleißig schreiben die beiden in ihr Handy, was sie bereits wissen. Das ist gar nicht so wenig. Hubert weiß sogar, wie der Koffer des falschen Türken aussieht, und beschreibt ihn. Dann ist er sich aber doch unsicher. Wo das Gepäckstück im Kofferraum abgelegt wurde, glaubt er sicher zu wissen. Das konnte er gut beobachten.

Andrijana tippt das Aussehen Alexandros, der ein Grieche sein möchte, in ihr Handy. Sie hat das Gespräch der beiden draußen vor dem Fenster der Raststätte bemerkt. Es gibt sie also, die heimliche Verbindung zwischen den beiden. Niemand würde ein normales Gespräch bei diesen Wetterverhältnissen im Freien führen. Da muss es schon dringende Gründe für Heimlichkeit geben. Beide haben sich verdächtig gemacht. Ja, es sind zwei Terroristen, nicht einer.

Immer wieder schweifen ihre Gedanken ab. Sie blickt hinüber zu dem Mann an ihrer Seite. Manchmal treffen sich ihre Blicke. Andrijana erträgt die Unklarheit nicht: »Du meinst es ernst?«

»Was?«

»Glaubst du, ich hätte nichts bemerkt? Vom ersten Moment am Busbahnhof wusste ich es.«

»Was?«

»Dass du an mir interessiert bist.«

In Hubert steigt etwas auf, das ein Jäger spürt, wenn er vor dem erlegten Wild steht. Er greift ihr ins Haar, zieht sie an sich und küsst sie ein zweites Mal auf den Mund. Und es ist ihm egal, ob jemand dabei die Kamera oder das Handy zückt. Das wäre eine schöne Geschichte für die Medien:

Das Paar, das die Katastrophe verhinderte!

Ein außergewöhnlich schönes Frauengesicht neben dem angesehenen Mann, das bewirkt eine Potenzierung der Wählerstimmen. »Sex sells! Sex wird gewählt!«

Jeder hätte gerne ein so attraktives Wesen an seiner Seite. Ein sexy Cover bewirkt, dass schwieriger Lesestoff zum Bestseller wird. Für den Politiker ist die Liebe eines Modells wie der Schafspelz für den Wolf. Niemand kümmert sich dann darum, was der Mann anstrebt. Niemand merkt, dass der Mann sich die Steuergelder der Wähler in die eigene Tasche steckt. Darf man das denken? Ja, Hubert darf und kann. Und dabei ist er überzeugt, zum Wohl der Allgemeinheit zu handeln. Am meisten täuscht er sich selbst, durch sich selbst. In diesem Augenblick sieht er sich auf dem Olymp, wenn das hier erst einmal vorbei ist:

»Tut mir leid, wenn ich mich in dich verliebt habe«, sagt er und ist davon überzeugt, mit dieser Botschaft auf Erfolgskurs zu sein.

Andrijana ist kein naives Dummchen. Zuviel hat sie in ihrem jungen Leben schon erlebt. Sie kennt das, alle Männer verfallen in den Werbemodus, sobald sie auftaucht. Und das ist schlimm genug. Denn es ist schwer, im Haifischschwarm den Goldfisch auszumachen. Sollte diesmal …? Abwarten! Nicht gleich alle Grenzen öffnen. Manche Grenzschranken machen doch Sinn?

»Wenn tausend Männer so etwas sagen, glaube ich es gerade mal einem. Die anderen neunhundertneunundneunzig sprechen von Liebe und meinen Sex.« Wenn sie will, kann sie geradlinig sein.

»Aber Sex darf ein Teil der Liebe sein?«

»Körperliche Liebe ist eine Sprache der Liebe, aber sie wird erst dann gesprochen, wenn alle anderen Sprachen der Liebe erlernt wurden.«

»Dann lass uns schnell damit anfangen. Wenn die Bombe nicht explodiert, werde ich dir die gleiche Frage wieder stellen.«

Klug ist er, der Herr Parteisekretär. Er hat seine Begabungen entwickelt, um seine körperlichen Defizite zu kaschieren.

Was haben die Terroristen vor? Sie werden die Bombe nicht auf freier Strecke zünden. Sie wollen so viele Menschen wie möglich töten. Ein Anschlag in einer europäischen Großstadt. Also Wien. Dort wird es dann richtig gefährlich. Der Bus darf die Stadt nie erreichen! Es bleiben ungefähr vier, fünf Fahrstunden bei diesem Wetter. Innerhalb dieser Zeit gilt es die Täter zu eliminieren. Hubert sieht sich dabei, wie er – so klein er auch ist, trotz dicker Brille, nein, inzwischen sind es ja Kontaktlinsen – er sieht sich die Täter persönlich lahmlegen. Wie in einem Boxring. Er hört den Applaus des Publikums. Er hebt die Arme und bekommt den Siegergürtel umgelegt. Ein anderes Leben wartet auf ihn. Ein ehrenvolles Leben. Und als zusätzlicher Preis für seinen glorreichen Kampf diese Frau, dieser Körper. Keine Flasche Schampus. Nein, diese Schönheit. – Streng dich an! Nichts gibt es umsonst! –

Die von Hubert per Handy geschickten Informationen werden in Wien von einem Expertenteam schnellstens verarbeitet. Es muss Fiktion von Realität getrennt werden. Jeder Zeuge liefert das von ihm Wahrgenommene als Gemisch aus subjektiver Wahrnehmung und Realität. Diese muss herausgefiltert werden. Die Fragen nach dem Vermittler einer Nachricht entscheidet über die Gewichtung der Aussage. Am Ende bleibt ein Tropfen Realität, den aber gilt es zu nützen.

Hubert ärgert sich, dass er nur das Handy verwenden kann. Das Notebook steckt unten im Koffer. Doch dann hat er eine geniale Idee. Er wird den Busfahrer dazu bringen, irgendwo anzuhalten. Er, unterwegs in staatstragender Mission, benötigt das Notebook. Ja, sofort! Er wird es aus seinem Koffer holen und dabei das Entscheidende tun: Den Koffer mit der Bombe aufspüren, ihn vielleicht fotografieren. Möglicherweise gelingt es, das gefährliche

Gepäckstück ganz nach vorne umzupacken und den Lagerungsort genau zu dokumentieren. Das würde die Arbeit der Polizei an der Grenze enorm erleichtern.

Schon ist er unterwegs, hat völlig vergessen, auch die kleinsten Schritte mit seinem Telefonkontakt abzusprechen. Er schiebt sich zum Fahrerplatz: »Sie müssen halten. You must stop!«

Es dauert, bis der Fahrer begreift, was der Mann von ihm will. Einige große Dinar-Scheine helfen bei der Verständigung. Kurzer Stopp am nächsten Parkplatz.

Der Bus hält direkt neben einer Heckenreihe, ideal, denn mit dem geöffneten Kofferraumdeckel ergibt sich ein uneinsehbarer Raum. Hubert gelingt alles, was er sich vorgenommen hatte. Als der Bus wieder Fahrt aufgenommen hat, stellt er das Bild des Bombenkoffers in die freigeschaltete Leitung. »Das besagte Gepäckstück habe ich hinter der mittleren Gepäckklappe an der rechten Seite des Busses deponiert«, schreibt er als Anmerkung.

Ungarn, Komitat Pest, 30. Jänner 2017, 15:30h
Hamza

Hamza ist beunruhigt. So knapp vor dem Ziel, von dem er, je näher es kommt, immer weniger weiß, ob sein Tun ein ehrenvolles ist oder ein ungeheuerliches Verbrechen.

Er muss seine rasenden Gedanken zur Ruhe bringen. Hamza sucht Ablenkung in Bildern, sieht Mutter Ellaha, wie sie ihn beobachtet, wie sie ahnt, was er vorhat, ihn umgarnt und verwöhnt, um ihn an sich zu binden. Die Gedanken wirbeln in ihm herum: Er ist ein Dichter, kein Kämpfer. Aber sein verehrter Lehrer in Pakistan sprach davon, man müsse selbst kein Krieger sein. Aber ein Beil in der Hand Allahs. Das Beil kann aus sich heraus nicht zuschlagen. Es braucht jemanden, der es führt. »Lass dich führen von Allah, mein Sohn.«

Onkel Tarik gelang es, die verkrusteten, den Gläubigen wieder und wieder eingetrichterten Glaubensformeln aufzubrechen und eigene Gedanken über die Welt zu entwickeln. Aus Haarrissen im starren Glaubensgebäude dampfen – wie Nebel – Ungewissheit und Zweifel. Die Pakistani, die ihn ausgebildet haben, ein Selbstmord-Attentat durchzuführen, hatten ihn gewarnt: »Je näher du dem Ziel kommst, umso größer der Zweifel. Der Schaitan versucht dich abzubringen, Allahs Wort zu befolgen.«

Die Zweifel existieren, seit er sich entschieden hat, der Stimme Allahs zu gehorchen. Jetzt ist nicht die Zeit der Umkehr. Jeden der Schritte hin zur Ziellinie wird er konzentriert und präzise vollziehen. Er will, dass es bald vorbei ist.

Seit dem Grenzübertritt ist etwas Eigenartiges in Gange. Da richtet sich etwas auf gegen ihn. Er spürt es. Der anhängliche Iraner, Farid, hat neben ihm Platz genommen, verhält sich, als ob sie zu einem Team gehörten. Manches, was er sagt, klingt falsch. Im Sinne von Schauspiel. – Was will er? Warum schleicht er sich an mich heran?

Und der Stopp? – Hamza hat die Ursache des Halts nicht erkennen können. Der Mann, der in der hintersten Reihe neben seiner hübschen Begleiterin sitzt, stieg aus. Die Kofferraumklappe wurde geöffnet – wozu? Steht mein Koffer an seinem Platz? –

Hamza hat sein Handy aktiviert. Bereit, jederzeit zu handeln.

Am besten funktioniert er, wenn es darum geht, Hindernisse zu überwinden. Dann ist er ganz bei der Sache. Dann schließt sich das Bilderalbum der Seele. Mutter Ellaha, Bruder Jamal, Onkel Tarik und die Lehrer der Koranschule verblassen. Ein Bild aber lässt sich niemals abdunkeln, das des kleinen Jungen, der sein Bruder ist: Sami! Es brennt wie Pfeffer in der Wunde. Sami, wie er ihm, als er ging, hinterherlief, mit lachenden Augen, weil er versprochen hat, bald wieder zu kommen.

– Sami! Mein Bruder! –

Als Hamza den Blick prüfend durch den Bus gleiten lässt, bemerkt er den Mann in der hintersten Reihe, wie er vorgibt, die Landschaft vor dem Fenster zu fotografieren, wo es da doch nur Schnee und Eisnebel zu sehen gibt. Der Mann löst aus. Für Hamza kein Zweifel, sein Gesicht ist am Rande dieses Fotos abgebildet. Er war das eigentliche Motiv. Warum?

Er darf den Mann nicht aus den Augen lassen. Ist ihm ein Fehler unterlaufen und man trifft im Bus längst Maßnahmen gegen sein Vorhaben? Der Stopp auf offener Strecke, das Foto von seinem Gesicht, der Sitzplatzwechsel des Iraners … Er muss wachsam bleiben. Leicht könnte es aber auch sein, dass ihn, so nahe dem Ziel, seine Fantasie narrt. Was ist Wirklichkeit, was Einbildung?

Martins Körper schmerzt, obwohl er doch die stärkstmögliche Dosis Schmerztabletten genommen hat. Es ist ihm, als befänden sich entlang der Wirbelsäule oder in den Organen im unteren Bauchraum, längst Metastasen, vor denen der Arzt am Abreisetag zu seiner Tour zum Athos gewarnt hatte.

»Eigentlich wäre es egal gewesen, hätte man mich an der Grenze eingesperrt«, beginnt er Janis, die neben ihm sitzt zu erzählen. »In manchen Lebenssituationen kann es nur mehr darum gehen, kompromisslos zu handeln. Zu oft habe ich es in meinen guten Tagen vermieden, den geraden Weg zu gehen, ohne abzuwägen, ob es jemandem oder mir selbst schaden könnte. Oder ob es zu viel Kraft kosten würde. Ich bin oft zu faul, um etwas zu ändern. Ich will es mir leicht machen und bleibe in Deckung. Besser gesagt: Unter der Decke. Aber je unausweichlicher es einem Ende zugeht, hasst man es, so zu tun als ob und nicht das anzupacken, was man längst als richtig erkannt hat. Ich habe nicht mehr viel Zeit zur Verfügung, befürchte ich. Was ich an unwiederbringlich Wertvollem versäumt habe im Leben?«

Und dann erzählt er, was er noch niemandem anvertraut hat: »Es gab jemanden in meinem Leben, Francesca. Ich hätte alles hinschmeißen müssen. Ansehen, Ehre, meinen Platz in dieser versteinerten Kirche. Sie hat darauf gewartet, das weiß ich. Ich war zu feige. Jetzt ist es zu spät.« Es bricht aus ihm hervor, die Lebensbeichte eines Todgeweihten: von seiner Angst, bald sterben zu müssen. Dass er an den entscheidenden Wegkreuzungen in die falsche Richtung gegangen sei. Mit Francesca hätte er es wagen müssen. Zu einfach habe er sich herausgeredet. Obwohl gerade er es doch wissen müsste. Er, der würdige Nachfolger Frankls. Er lacht bitter. Was hätte Schlimmes passieren können? Die Kirche hätte ihm das Amt entzogen, wozu aber an diesem Amt festhalten, an das er doch nicht mehr glaubt. Er habe sich lang und erfolgreich selbst getäuscht. Der Maulwurf seines »Inneren Teams«, dieser Persönlichkeitsanteil, den er immer gehasst habe … darum musste der Maulwurf sich die längste Zeit seines Daseins in die Erde verkriechen. Keiner von den anderen Figuren seines Teams wollte sich die »Nörgelei«, die »Weltuntergangsstimmung« von ihm anhören.

»Hätte ich ihm zugehört, wäre ich mit Francesca in ein anderes Leben umgezogen.« Der Maulwurf habe sogar einen Brief an Francesca geschrieben, die anderen Teammitglieder seiner Persönlichkeit hätten diesen Brief in eine Lade gelegt und vergessen.

Wenn er jetzt sterbe, verschwinde er, wie die Rolle eines Schauspielers, von der nichts bleibt, wenn der Vorhang fällt.

Janis ist sprachlos, ihr Bild des verehrungswürdigen Mannes hohen Ansehens und großer Verdienste droht wie ein Spiegelglas, das am falschen Punkt angestoßen wird, in Scherben zu zerspringen. Das Spiegelbild zerfällt, der Mann, der vor dem Spiegel sitzt, bleibt. Er sieht kraftlos und erbarmungswürdig aus.

»Wenn der Vorhang fällt, verschwindet die Rolle, aber der Schauspieler geht nach Hause, isst, trinkt und ruht sich aus auf seinem Bett. Er ist es, den die Theaterbesucher lieben«, sagt Janis. Dann denkt sie nach und ergänzt: »Vielleicht habe ich das auch zu mir gesagt.«

»Warum tippt dein Daumen am Rand des Handys die Zahlenfolge: 4, 1-1-1, 7? Wir wissen, welche Bedeutung diese Zahlen haben«, fragt Farid.

»Was vermutest du?«

»Du beantwortest meine Frage mit einer Gegenfrage.«

»Was willst du von mir? Was gibt dir das Recht, dich in mein Leben einzumischen?«

»Wir sind Brüder.«

»Ich kenne meine Brüder. Du bist keiner davon.«

»Wer sind deine Brüder?«

Zu wenig lange denkt Hamza nach, antwortet schnell:

»Der kleine Sami. Der letzte Verbliebene.«

»Was ist geschehen?«

»Jamal wurde in seinem Pick-up durch eine Drohne getötet …«

Vor Hamza liegt aufgedeckt, was er unter keinen Umständen preisgeben hätte dürfen. Farid weiß, was ihm erzählt wurde, hätte er niemals hören dürfen.

Mit einem Mal ist klar, was passieren wird. Unabwendbar.

Ungarn, Komitat Pest, 30. Jänner 2017, 16:00h
Farid

Budapest liegt hinter ihnen.

»Wenn du auch nur ein Wort sagst, fliegst du mit allen anderen in die Luft!«, sagt Hamza ruhig und gerade in dieser Ruhe bedrohlich.

»Du wirst bis Wien schweigen. Dann gebe ich dir die Chance, unbehelligt zu entkommen.«

Farid nickt. Zu oft hat er den Tod in seiner Nähe erlebt. Er sitzt am Fensterplatz, Hamza am Gangplatz, es gibt keine Möglichkeit, die anderen zu warnen.

Martin auf der anderen Seite des Ganges. Janis neben ihm. Die beiden sind ins Gespräch vertieft.

Farid weiß, es liegt eine Bombe im Kofferraum. Vielleicht existieren andere Waffen. Er, Farid muss verhindern, dass sie verwendet werden. Das Handy des Mannes muss aus dessen Reichweite. Den richtigen Augenblick abwarten. Irgendwann wird er einen Fehler begehen. Es genügt ein Augenblick der Unaufmerksamkeit. So ein Moment muss kompromisslos genützt werden. Der Afghane sieht nicht aus, wie man sich einen Killer vorstellt. Farid weiß aber, viele – egal wer sie davor waren – wurden durch die Spirale der Gewalt und die Lehrer der Koranschule radikalisiert. Der hier ist nicht der militärisch eiskalte Typ. Kein Stratege. Er wirkt nicht fanatisch. Nicht bis ins Mark indoktriniert vom Hass seiner Vorbilder. Umso unberechenbarer schlägt er vielleicht los. Man kann seine Nervosität riechen. Sein türkisches Hemd ist unter den Achseln schweißnass. Er wird die Explosion auslösen, kommt er unter zu großen Druck.

Ruhig bleiben. Mitspielen. Den Moment erwarten. Dann muss es blitzschnell gehen. Plötzlich rast die Zeit. Es bleiben vielleicht noch zweieinhalb Stunden bis Wien. In diesen zweieinhalb Stunden muss Farid das Heft in die Hand nehmen und die Katastrophe verhindern.

»Ich habe mich von den Ärzten nicht einschüchtern lassen«, sagt Martin zu Janis. Dann streift sein Blick über die beiden auf der anderen Seite des Ganges. Sekundenbruchteile liegt sein Blick in dem Farids. Unterbrochen durch Mehmet. Etwas ist seltsam. Es herrscht eine spürbare Spannung zwischen den beiden. Martin spricht weiter mit Janis. Seine Aufmerksamkeit gilt nur halbherzig diesem Gespräch. Er versucht auszuloten, was auf den Sitzplätzen gegenüber passiert. Eine Art erzwungenes Schauspiel. Pattstellung, keine Verbindung zwischen den beiden Männern. Sie stammen aus der gleichen Weltgegend und sitzen wie Eskimo und Afrikaner nebeneinander. Mehmet mit dem Handy in der Hand. Die Fingerbewegung am Rand des Gerätes, die Martin aufgefallen ist. Dann erzwungenes, verkrampftes Stillhalten. Mehmet befindet sich in heller Aufregung. Aufgereizt wie ein Stier in der Arena. Daneben Farid, wie ein in Eis gelegter Regenwurm. Genau dieses Bild drängt sich Martin auf. Was heißt das? Wie ist das Bild zu bewerten?

Hamzas Herz schlägt schnell. Das darf nicht so bleiben. Er versucht tief und langsam zu atmen. Farid merkt die steigende Aufregung seines Sitznachbarn. Der Daumen am Handy zittert.

Jetzt!

Farid schreit: »Danger! Danger!« Mit einem wilden Fauststoß schlägt er das Handy aus der Hand Hamzas. Es fliegt über den Gang unter die Füße Martins. In der hintersten Reihe springt K. auf, starrt mit weiten Augen auf den wuchtigen Zusammenstoß der beiden Männer. Farid stößt Hamza die Faust mit voller Wucht ins Gesicht. Blut rinnt. Hamza schnellt in die Höhe, packt Farids graues Haar, reißt ihn nach vorne, sein Kopf kracht auf die Sitzverschalung. Er lässt sich auf den Boden fallen, greift nach dem Handy, packt Martins Bein. Farid, der mit beiden Armen den Hals seines Gegners würgt, fällt mit ihm, auf ihn. Beide liegen im Gang. Von hinten kommt K. gelaufen. Er springt über die Liegenden, schreit: »Achtung Bombe!« Erreicht den Fahrer. Der hat nicht begriffen, was vor sich geht. »Stopp!« Schreit K. ihn mit überschlagender Stimme an. »Stopp!« Der Fahrer springt auf das Bremspedal.

Draußen dichter Schneefall.

Wie in Zeitlupe sieht Janis die Drehung des Busses. Sie hört die Schreie. Der Bus rutscht seitlich weg. Auf die Stahlbetonwand der Brücke zu. Wie ein Film, wie in Zeitlupe. Die beiden ineinander verkrallten Männer am Boden kämpfen um das Handy. Zerfetzte Kleidung, Blut. Martin ist aufgesprungen. Andrijana versucht den Gang nach vorne zu kommen, fällt. K. kriecht auf allen vieren zurück in ihre Richtung.

Die Stahlbetonwand, dort, wo die Brücke ufert. Wie mächtig sie aussieht, wie genau man die Maserung im Beton sehen kann.

Das Fahrzeug wird erschüttert, als es den Seitenstreifen quert, es droht zu kippen. Eine Scheibe springt. Das Geschrei verstummt. Ein Krachen und Splittern. Grau in Grau.

Schwarz.

Der Schnee fällt leise und still.

Wien, 30. Jänner 2017, 18:00h

»Alle haben es inzwischen wohl mitbekommen. Es gab einen Unfall auf ungarischem Staatsgebiet. Ich wage meine Erleichterung darüber gar nicht zu laut auszudrücken. Aber wie immer gilt: Informationsverbot über jegliche Kommunikation in diesem Raum.

Wir wissen noch nicht, wie viele Opfer es gibt, Augenzeugen berichten von einem verheerenden Bild. Die Ungarn arbeiten auf Hochdruck.

Eines ist Fakt: Die Bombe hat unser Staatsgebiet nicht erreicht. Und das ist die gute Nachricht. Stellen sie sich den Effekt einer großen Explosion am Stephansplatz oder sonst wo vor.

Über ihre Kanäle hat Al-Quaida den Busunfall als Ergebnis der Aktivitäten eines ihrer Kämpfer für sich beansprucht. Soll uns nichts Schlimmeres passieren.

Ich danke Ihnen vorerst meine Herren! Hervorragende Arbeit.«

Morgenröte

Budapest, 30. Mai 2017, 9:00h
Alexandros

Wunderschönes Frühlingswetter. So hat er es sich gewünscht. Er will keine Trauerkulisse. Er will Sonne und Wärme.

Alexandros sitzt in einem alten, klapprigen Taxi auf dem Weg durch Budapest. Vom Hotel zum Restaurant am Rande der Stadt. »Goldene Brücke« – welch passender Name –. Darum hat er sich dafür entschieden:

Goldene Brücke!

Vier Monate, genau vier Monate sind vergangen.

Er hat am Busbahnhof Erdberg, Wien, gestanden und gewartet. Janis wusste nichts davon. Das sollte sie auch nicht. Einerseits wollte er sie überraschen, anderseits hatte er befürchtet, sie hätte ein Treffen abgewiesen. Er musste sich für das Vorhaben einen neuen Reisepass ausstellen lassen, inzwischen weiß er warum. Den alten Pass fand man im Bus. Bei einem fremden Mann, mit dessen Foto.

Da stand er also in Erdberg. Der Bus aus Belgrad sollte verspätet um 18:30 Uhr ankommen. Tat er aber nicht. Zuerst vertröstete man die Wartenden und schob es auf die Wetterlage. Dabei hatte es in Wien längst zu schneien aufgehört. Nach langem, bangem Warten um 19:30 Uhr die Meldung, es habe einen Unfall gegeben, man wisse aber nichts Genaueres. Um 20:00 Uhr saß er im Café bei der Straßenüberführung der U2-Station, rauchte seine Karelia mit Olivenholz-Mundstück und trank ein kleines Bier. Plötzlich begriff er, was da am Fernsehbildschirm zu sehen war. Chaos, kurz nach Budapest. Er verstand die deutschen Worte nicht, aber die Bilder und damit die Fakten. Ein Bild von erschreckender Klarheit. Der Bus Belgrad - Wien, verunfallt. Was man sehen konnte, ließ sein Blut in den Adern gefrieren. Körper, verpackt in weißen Nylonhüllen. Schwerverletzte, ein Blaulicht-Meer …

– Was ist mit Janis passiert? –

Er bat um ein Blatt Papier, schrieb auf, was ihm wichtig erschien: Unfallort, welches Krankenhaus, zuständige Polizeistation. Jedes Detail, das ihm weiterhelfen würde.

Danach versuchte er einen Wagen zu mieten. Ein nicht einfaches Unterfangen bei diesem Wetter, zu dieser Tageszeit. Man riet ihm, per Bus hinauszufahren zum Flughafen, der liege auf der Strecke Richtung Ungarn, dort stünden Autos bereit.

Mit welcher Absicht war er am Morgen dieses Tages nach Wien geflogen? Erfahren hatte er von Janis' Mutter, dass ihre Tochter an diesem Tag den 8:00 Uhr-Bus Belgrad - Wien nehmen würde. Spontan hatte er sich entschieden nach Wien zu fliegen und Janis in Erdberg abzufangen. Nach der erschreckenden Nachricht abends in Erdberg wusste er, wie oft in seinem Leben, jemand oder etwas hatte ihn zum richtigen Zeitpunkt an den richtigen Ort geführt.

Er bekam einen Leihwagen am Flughafen Schwechat und fuhr los. 21:00 Uhr, er machte sich wenig Hoffnung, so spät in Budapest die richtigen Ansprechpartner zu finden. Jemand, der ihm sagen konnte, was mit Janis geschehen war, in welchem Zustand er sie wo aufspüren könne. Er wollte nichts unversucht lassen.

Immer wieder jagten ihm Szenen seiner Beziehung mit Janis durch den Kopf, während er durch das Schneetreiben fuhr.

Er hätte sie niemals allein in Agios Nikolaos zurücklassen dürfen. Das weiß er heute. Aber andere Auswege sah er damals nicht. Sein Land, seine Welt, drohte unterzugehen. Schlimmer noch, als es Großmutter Sophia erlebt haben muss. Sie fand Griechenland an einem anderen Ort wieder. Er musste fürchten, sein Griechenland würde es bald nicht mehr geben. Die Großbanken der Welt arbeiten effektiver als die Militärs dieser Welt. Das moderne Sklaventum beginnt mit Schuldenketten. Und er und seine Landsleute hatten mit den Schuldenketten gespielt, nicht ahnend, was sie dabei waren zu tun. Wer mit Mammon spielt, verwechselt Löwen mit Hauskatzen. Die Regeln des Spieles waren einfach: Wähle richtig, nämlich mich, und du bekommst dafür einen guten Beamtenposten, auch wenn am selben Platz schon Dutzende sitzen. Geh in deine Bank und nimm dir so viel Geld, wie du willst; über die Rückzahlung mach dir keine Sorgen. Sein Haus in Agios Nikolaos kostete ein Vermögen. Woher es kam? Selbst er, der stolze Rembetes, ließ sich korrumpieren und vom schönen Leben auf Pump verführen. Eine Jacht musste her, wo er doch das Meer so liebte. Ein Leben auf großem Fuß. Plötzlich der rasante Niedergang. Keiner konnte seine Schulden bezahlen, nicht der Staat, nicht die Städte und Dörfer, nicht die Menschen. Als er – selbst entschieden – in Athen auf der Straße landete, verbot es der Stolz, seine Frau um Hilfe zu bitten. Die Frau, die aus dem Land der hartnäckigsten Gläubiger kam. Die Frau, die nun stellvertretend für das Land stand, das Griechenland zutiefst demütigte.

All das und andere quälende Erinnerungen gingen ihm an jenem 30. Januar durch den Kopf, während er den Leihwagen in Richtung Budapest steuerte. Das ist erst vier Monate her und scheint vor einer Ewigkeit passiert zu sein.

Um 24:20 Uhr erreichte er Herceghalom ohne größere Zwischenfälle, trotz miserabler Fahrbedingungen. Nach längerem Suchen stand er vor der Polizeistation in Budaörs. Drinnen, in der warmen Stube, konnte ihm niemand auf Englisch erklären, was er unbedingt wissen musste. Sofort.

»Morgen!«

Man telefonierte herum, fand ein Zimmer in einem Hotel, wo er, so weit er es verstand, die Nacht abwarten sollte. Was blieb ihm anderes übrig?

An Schlaf war kaum zu denken. Grauenhafte Szenen malte er sich darüber aus, was mit Janis passiert sein könnten. Was musste die Geliebte jetzt in diesen Nachtstunden durchmachen, während er untätig ins Hotelzimmer verbannt war. Er wusste von den Toten, die es gegeben hatte. Und von den Schwerverletzten. Manche würden diese Nacht nicht überleben. Für jemand der liebt, und das spürte er hier umso deutlicher, die Hölle. Ja, er liebte diese Frau, anders als früher. Er war ja auch ein anderer geworden. Sie ist eine schöne Frau. Mehr aber noch, ist sie die Frau, mit der sich die gemeinsame Erfahrung von Glück und Leid angesammelt hat. Und die Ruhe des Alltäglichen, wie sie zum guten gemeinsamen Leben gehört. Er sieht sich mit ihr am Frühstückstisch oder an den herrlichen versteckten Gartenplätzen. Und nie hat er so gut geschlafen wie neben dieser Frau. Gemeinsam eine Strecke gegangen sein, das lässt aus dem Samenkorn eine Pflanze wachsen. Und bleiben wir dabei, nennen wir es Liebe. Janis müsste heute nicht mehr etwas Bestimmtes sein, sie muss nicht tun, wie er es getan haben will. Gemeinsam weitergehen, auch ohne Ziel. Vielleicht gibt es nur den Weg.

Darüber dachte er nach, schlaflos im Bett des Hotels in Herceghalom. Und er versuchte zu erspüren, wie weit weg Janis in diesem Augenblick war. Sie war ihm gespenstisch nahe, als wäre sie hier bei ihm in diesem dunklen Raum. Er hielt den Atem an, um sein Hören nicht zu stören. Es war ihm, als hörte er Janis' Atem. Als berührte ihre Haut die seine.

Er drehte das Licht an. Fiel enttäuscht zurück ins Bett. – Morgen werde ich sie gesund und munter in einem Hotelzimmer finden. Vielleicht hier in diesem Haus? – Er stellte sich vor, in den Frühstücksraum zu kommen und sie säße da, als wäre nichts gewesen. Gute Lust verspürte er – jetzt gleich – an alle Türen zu klopfen, bis er ihre verschlafene Stimme hörte.

Es kam anders.

Im Frühstücksraum saßen einige Leute. Janis war nicht unter ihnen. Anscheinend hatte man die Unversehrten des Unglücks hier einquartiert. Er sah abweisende Gesichter, paralysiert. Auf anderen lag Zweifel, ob der Schreckenstraum der Nacht vorbei sei. Zweifel, ob wirklich alles so passiert ist, wie es sich festgesetzt hat in Kopf und Seele. Die Mehrheit schwieg in sich hinein, es gab wenige, die redeten und redeten, vielleicht um sich zu spüren. Alexandros verstand die Sprache nicht. Endlich fand er den jungen Amerikaner, dem man den Arm in Gips gelegt hatte. Mit ihm gab es die Möglichkeit, sich zu verständigen.

Ob er etwas von einer Frau wisse, Janis Manolis. Eher klein, so 1,65-Meter groß, Leichtgewicht, brünettes, langes Haar, fein geschwungen. Manchmal trage sie es in einem wirren Knoten am Hinterkopf, dann wieder mit gebatiktem Band als Zopf. Dunkelblaue Augen, ein strahlendes Blau, das falle einem zuerst auf. Schmales Gesicht. Ihr Körperbau sei so, dass man ein Reh vor Augen habe. Etwas über fünfzig Jahre alt.

»Ja«, meinte der Amerikaner, »das könnte die Frau zwei Reihen hinter mir gewesen sein. Sie spricht Deutsch?«

»Das ist sie. Wissen Sie etwas über sie?«

Es sei alles so schnell gegangen. Und das meiste sei wie ausgeblendet. Er habe großes Glück gehabt. Er sei zu sich gekommen, im Mittelgang liegend. Der gebrochene Arm schmerzte höllisch. Irgendetwas müsse ihn abgefedert haben. Er hoffe, es sei keiner der anderen Körper gewesen. Denn um ihn hatten nur wenige Glück. Um ihn seien Leichen gelegen.

Wie die Klappe am Ende einer Filmszene sei die Betonwand plötzlich dagewesen. Die Schreie der Verletzten, das Jammern und Stöhnen werde er nie vergessen, gespenstisch. Jetzt erinnere er sich, die Feuerwehr habe den schwer verletzten Busfahrer aus dem zusammengequetschten Blech schneiden müssen. Der sei währenddessen bei Bewusstsein gewesen.

»Janis? Fällt dir irgendetwas ein zu ihr?«

»Sorry! Da ist nichts. Ich weiß nicht, was mit ihr geschehen ist.«

Niemand im Raum hatte Janis seit dem Unfall gesehen. Das alte Hochzeitsbild hatte er zufällig im Bildspeicher des Handys.

Irgendwann war er in Agios Nikolaos gewesen, auf der Suche nach Erinnerung. Das was geblieben war von seiner verlorenen Heimat. Sie bestand aus der Verbindung zweier Menschen. Verloren wurde sie aufgrund falscher Entscheidungen, die er traf. Was ist ein Land, ein Ort, ein Haus? Keine Heimat. Erst ein Mensch macht ein gemeinsames Haus, den gemeinsamen Ort, das gemeinsame Land zu einer Heimat. Beheimatet ist man durch seinen Nächsten.

Niemand im Hotel konnte ihm etwas über Janis' Verbleib sagen. So setzte er sich in den Wagen und fuhr zurück zur Polizeistation. Man nahm sich Zeit für ihn. Eine freundliche Polizistin brachte ihm eine Tasse Kaffee und schrieb alles, was er aussagen konnte in ein altes Ungetüm von Computer. Die Personenbeschreibung, Daten, Besonderheiten. Was immer von Nutzen sein konnte, gab er zu Protokoll. Freundlich und vorsichtig führte die Polizistin ihn durch das Gespräch.

»Können Sie mir sagen, was mit Janis geschehen ist?«

»Nein«, antwortete sie. »Leider nein.« Sie wisse, die Ungewissheit sei das Schlimmste. Aber in all dem Chaos müsse die Polizei sich erst einen Überblick verschaffen. Manches sei geklärt, aber in vielen Fällen müsse man die Faktenaufnahme abwarten. Sie könne ihn nur um Geduld bitten. Und um seine Mithilfe. Der Name Janis Manolis sei nirgendwo aufgetaucht. Sie bitte ihn, die einzelnen Stationen abzufahren, um die Nachforschungen so schnell wie möglich zu einem Ergebnis zu führen. Er bekam die Telefonnummer der hübschen Polizistin, unter der sie jederzeit erreichbar sei. Und eine Liste von Hotels und Krankenhäusern, in die die Verunfallten verteilt worden waren.

»Alles Glück der Welt!«, wünschte die Polizistin, und er machte sich auf den Weg.

In keinem der Hotels und Pensionen irgendeine Spur von Janis.

– Wo bist du meine Liebe? –

Dann die Krankenhäuser. So viele gab es da nicht. Er sah Schwerverletzte, von manchen wussten die Ärzte noch nicht, ob sie überleben würden. Nirgendwo Janis.

Im dritten Krankenhaus, dem größten, mitten in Budapest, musste er warten. Das erinnerte ihn an die Situation vor einigen Jahren in Thessaloniki, als seine Mutter ihren Schlaganfall hatte. Seine erste Naherfahrung mit dem Tod. So fühlte er sich jetzt im Warteraum des Krankenhauses in Budapest. Hilflos, ausgeliefert und kaltgestellt.

Endlich nahm man ihn mit zu den Intensivbetten der Unfallstation.

Nein! … Nein! … Nein! …

Man führte ihn in ein anderes Stockwerk. »Die Station mit Leichtverletzten?« Nein, dort seien die Identitäten geklärt.

Es geht in die Prosektur, zu deren Leichenraum, zur Kühlkammer.

Es kämen nur zwei in Frage nach seiner Beschreibung. Und schon öffnet man die erste Klappe und zieht den Schlitten heraus. Das weiße Tuch weg. Etwas Unglaubliches. Etwas, mit keinerlei Gehalt an Realität. Ein wunderschönes Gesicht, so als wäre ein Lächeln eingefroren, so als öffneten sich jeden Augenblick die Augen, strahlend, dem guten Ende einen Anfang gebend.

Doch, dunkles Haar und jung, viel zu jung, um nicht die Augen zu öffnen.

Heute kennt Alexandros ihren Namen: Andrijana.

In den letzten Wochen hat er alle kennengelernt, die verstorben sind. Sie sind im vertraut geworden. In der einen oder anderen Form.

Natürlich vor allem der eine, um dessen Tod ein unglaubliches Theater inszeniert wurde:

Hubert K.!

Wie einen Märtyrer inszenierte man ihn. Und es hat sich ausgezahlt. Bei den Wahlen gab es enorme Gewinne, in Gedenken an den großen Mann des Volkes, der das Zeug gehabt hätte, das Land in neue Sphären zu führen. So formuliert mit Tränen in den Augen von Fritz F., seinem Parteifreund und: »… Bewunderer des Helden.« Unglaublich, es gibt einen Bildstock in K.'s Heimatgemeinde, eigentlich ist es schon mehr eine Kapelle. Und, Alexandros lacht im Taxi leise in sich hinein, sodass der Fahrer ihn im Rückspiegel beobachtet … Und die Kirche wird den Verehrten irgendwann zumindest seligsprechen. Irgendwann, wenn sich genügend Erzählung über das tatsächliche Geschehene gelegt hat. Es seien manche, die im Unglücksbus mit dem Körper des Großen in Berührung kamen, ob zufällig oder absichtlich, von Krankheit und Leid geheilt worden. Man würde eine Geschichte erzählen, zum Beispiel die des Sanitäters, der am Fuß mit dem Blut des Verehrten in Berührung gekommen sei. Und siehe da, am Tag darauf geheilt war von einem »Hallux valgus«.

Nein, trotz aller Fragwürdigkeit des wahren Geschehens, lustig will Alexandros sich über einen Toten doch nicht machen. Ärgerlich, wie die Parteifreunde aus dem Ableben einer ihrer Figuren Gewinn zu schlagen suchen. Kapital aus dem Tod ziehen. Die Partei ist der Gewinner am Ende der Tragödie.

Die zweite Lade in der Kühlkammer der Prosektur des Krankenhauses in Budapest.

Die Klappe knirscht bei der Öffnung, die Scharniere haben sich verzogen. Es gibt aber keine Möglichkeit den Schaden zu beheben. Die Kälte wird ohne Unterbrechung gebraucht, um den Tod zu fixieren, ihm am Fortkommen zu hindern. Zu wenige Schlafkammern für den Tod hier.

Alexandros' Begleiter im weißen Mantel legt die Hand auf den Griff der Lade, zieht. Das weiße Tuch, die Silhouette einer Toten.

Warum er es schon gewusst hat?

Der Pfleger nimmt das Tuch vom Kopf des Leichnams: Brünettes Haar, etwas wirr und nicht verknotet. Schmales Gesicht, blass. Ein Erstaunen in den Zügen.

Janis!

Obwohl er es am Vortag in Wien schon ahnte, traf es ihn wie ein Schlag aus dem Nichts. Nein, er konnte die Tote nicht berühren und ist sich heute deswegen böse. Er stand da wie die abstrakte Silhouette einer Figur auf einem Bild im Keller einer Galerie. Als gehörte er da nicht hin. Nicht zu einer Toten. Nicht zu dieser Toten.

– Ach, Janis! –

Heute, vier Monate später? Heute wird geschehen, was ihn retten sollte. Retten davor, zurück auf die Straße zu gehen mit seiner Bouzouki. Lieder zu singen, zu denen spätere Generationen noch tanzen und weinen.

Er wollte ein Fest. So nahe wie möglich an der Unfallstelle. Mit allen Hinterbliebenen. Es war nicht einfach. Nicht alle wollten das, was er gut fand, und manche hatten kein Bedürfnis mit dem Leid der anderen konfrontiert zu werden. Aber es ist ihm gelungen, eine Form zu finden, mit der nun für alle ein Kompromiss zustande kommt.

Sonnenschein! Frühlingsluft! Alexandros ist in einem alten, klapprigen Taxi unterwegs durch Budapest. Restaurant »Goldene Brücke«. Die Bäume blühen. Je weiter es hinausgeht, umso reicher.

Auch die junge Polizistin hat versprochen zu kommen. Sanitäter, Ärzte, Krankenschwestern sind eingeladen. Der Busfahrer kann und will nicht dabei sein. Er saß in seinem Rollstuhl, während des Gespräches mit Alexandros. Er fühle sich schuldig. Über alle Maßen schuldig, obwohl die Polizei längst die Ermittlungen gegen ihn eingestellt hat. In dieser Situation gab es keine Alternative. Die Fahrgäste mussten so schnell wie möglich aus der Gefahrenzone. Die Wahrscheinlichkeit der Bombenexplosion war in jenem Moment um ein Vielfaches größer als die eines Unfalls. Der Rest war Schicksal.

Man wird heute die Details hören vom genauen Ablauf des Unglücks. Und Alexandros weiß, es könnte einige Überraschungen geben.

Es soll einen offiziellen Teil geben. Da haben auch die Medien ihren Platz. Und die für die Öffentlichkeit gedachten Reden: Ein Vertreter des Busunternehmens und vor allem Fritz F., der Herr Minister.

Danach dann der eigentlich wichtige Teil unter Ausschluss der Medien, ohne Anwesenheit von Ehrengästen. F. muss weg, wie seine Sekretärin ankündigte. Da würden die nächsten Termine warten. Es wäre nicht leicht gewesen für den Herrn Minister, sich freizuschaufeln für die »Leichenfeier«. Aber er habe es unbedingt gewollt. Schließlich gehe es um seinen besten Freund.

Ja und dann, wenn die Show beendet ist, kann geschehen, was er seit vier Monaten vorbereitet.

Der Fall hat ein enormes Medienecho heraufbeschworen. Vor der Türe des Restaurants warten die ersten Kameras und Mikrofone. Um Alexandros kümmert man sich nur nebenbei. Alles wartet auf den Minister. Man muss einige Zeit warten, er hat sich leider verspätet. Allerdings bringe er als Entschädigung einen Gast mit: Helga K., die Witwe des Verstorbenen. Es sei gar nicht so leicht gewesen, sie dazu zu überreden. Zu tief sitze noch der Schock.

Alles eilt, alles drängt. Alexandros nimmt den Nebeneingang, lässt geschehen, wie ein guter Regisseur, sich selbst nicht ins Bild drängend.

Restaurant Goldene Brücke, 30. Mai 2017, 10:30h
Fritz F.

Würdevoll schreitet er ans Mikrofon, in dem Saal, in dessen hinterem Drittel sich Dutzende Kamerateams positioniert haben. Sogar CNN ist da.

Ein Blick ins Publikum, ein Blick auf sein Redemanuskript. Von wem wurde das geschrieben? Wie lange ist es her, dass Hubert seine Reden schrieb?

»Sehr geehrte Damen und Herren! Liebe Trauergäste!

Heute unterlasse ich es vorerst, die Ehrengäste zu begrüßen. Die eigentlich Wichtigen dieser Feier seid ihr, die Hinterbliebenen unserer Lieben.

Ich werde keine lange Rede halten, denn andere haben es viel mehr verdient, hier das Wort zu führen.

Letztendlich geht es um Bedenken, um Begreifen des Unbegreiflichen und auch um Versöhnung.

Ich wurde gebeten, von meinem Freund zu erzählen. Von demjenigen, der mir seit vier Monaten schmerzhaft fehlt, wie ein Bruder, ein Vater und ein wahrhafter Lehrer.

Hubert K. verstarb, wie mir der Direktor des BVT bestätigt, im mutigen Einsatz für andere. Ohne ihn hätte es entscheidend mehr Opfer zu beklagen gegeben. Er starb für seine Nächsten.

Da gab es einige Missverständnisse zu Beginn. Gezielt geschürt von denen, die uns schaden wollen.

K. wusste vom Schandvideo, wie ich es bezeichnen will, das widerrechtlich und heimlich aufgenommen wurde. An einem feuchtfröhlichen Abend, wie ihn wohl jeder von uns schon erlebt hat. Ein Besuch bei ausländischen Freunden.

Hubert war zutiefst erschüttert über die Menschenjagd, die da veranstaltet wurde, von Personen ohne Anstand und Ehrgefühl. Seine Rücktrittsankündigung griff die Lügenpresse schadenfroh auf. Er hat sie am Morgen des verhängnisvollen Tages in einem Telefongespräch mit mir zurückgenommen. Inzwischen wissen wir, aus welchen Händen das Machwerk kam. Und sollten diese Verbrecher mich jetzt hören: Wir werden euch jagen! Ihr werdet das bereuen!

Außerdem habt ihr eure Ziele nicht erreicht, denn unsere Landsleute sind klug und spüren, wenn etwas so manipulativ in die Welt gesetzt wird. Bei den Wahlen haben die Bürger gesprochen, davon, was sie glauben und was nicht. Ein phänomenaler Erfolg, der Österreich verändern wird.

Hubert K. war einer der vorbildlichsten Ehrenmänner, die dieses Land hervorgebracht hat. Darum auch zu Beginn mein Vergleich mit einem wahren Lehrer.

Die eigentliche Leidtragende sitzt hier vor mir: Helga K.

Helga, ich weiß, was du erlitten hast, nicht nur durch den großen Verlust, sondern auch durch all die Unterstellungen. Es muss die Hölle für dich gewesen sein. Diese Gedenkfeier, auch von der Partei deines Gatten mitorganisiert und mitfinanziert, soll dir ein weiteres Mal unseren Schulterschluss verdeutlichen. Wir lassen dich nicht im Stich. Gerne hätten wir dich an den Positionen in der Partei, die dein Mann verwaist, hinterlassen hat. Die Menschen lieben dich. Nicht zufällig warst du die Frau in Huberts Herzen, die einzige. Er schätzte deine Liebenswürdigkeit, deine Kompetenz.

Zum Schluss darf ich versprechen, dass wir das in uns gesetzte große Vertrauen der Bürger bei der letzten Wahl im Sinne von Hubert K. verwenden werden. Für die kleinen und fleißigen Leute. Gegen die Umvolkung durch besorgniserregende Massen von illegalen Flüchtlingen.

Ein offenes Wort:

Hubert K. starb auch bei der Verhinderung gesetzeswidriger Grenzübertritte auf der Balkanroute. Sollte es so gewesen sein, wie von den Behörden zu Protokoll genommen, dann drohen unserem schönen Land weitere Versuche verheerender Attentate mitten in Wien.

Wir müssen wachsam bleiben und die Entwicklung genau im Auge behalten.

Vielen Dank!«

Während Fritz den Dienst-Mercedes mit Fahrer anvisiert, liegt sein Arm freundschaftlich stützend zwischen den Schultern Helgas.

»Nicht auszudenken, welchen Schaden er angerichtet hätte, wäre er nicht verstorben, unser lieber Freund«, sagt der Herr Minister und achtet darauf, dass ihn niemand sonst hören kann. Helga lächelt, aber es ist ein gequältes Lächeln.

»Sehen wir uns heute Abend?«, fragt der Minister, der auch ein Charmeur sein kann.

Restaurant Goldene Brücke, 30. Mai 2017, 11:15h
Der Mediator und die Trauernden

Der Minister hat sich verabschiedet. Der Vertreter des Busunternehmens spricht kurz. Ein Serbe, dem man ansieht, wie sehr er unter der Situation leidet. Er hat sogar einen Satz in deutscher Sprache vorbereitet. Aber nicht die Worte wirken, sein Verhalten lässt wahrhaftige Emotion spüren.

Dann der Dank an die Polizei, an das Sanitätspersonal und die Ärzte durch die politische Vertretung Budapests.

Erstaunlich, wie schnell danach sämtliche Vertreter der Medien verschwinden. Ein Teil des Publikums mit ihnen.

Ein bis dahin unauffälliger Mann aus der letzten Reihe lässt die Bestuhlung umstellen. Etwa zwanzig Leute sitzen in einem fast geschlossenen Kreis. In der Mitte ein Blumengesteck, eine Kerze und Fotos der Verstorbenen. Der Mediator bittet Alexandros um eine musikalische Überleitung. Alexandros nimmt seine Bouzouki und spielt das Rembetiko vom thessalonischen Mädchen, das um ihren Liebsten trauert, der mit dem Schiff davongefahren ist und niemals wiederkommt.

Alles Weitere solle spontan ablaufen, erklärt der Mediator. Jeder, der das Bedürfnis empfinde, in diesem geschützten Rahmen auszusprechen, was ihm am Herzen liege, sei dazu herzlich eingeladen. Am Ende habe er noch einen erst seit wenigen Minuten endgültig zugesagten Beitrag. Darum das Notebook und der Beamer.

Nach kurzer Pause geht ein Mann in die Mitte, hebt das Bild Bruder Martins auf.

»Ich bin der Freund dieses Mannes.« Kurz beschreibt er Martins Lebenslauf. Zeigt eines der Bücher, das dieser geschrieben hat.

»Martin war todkrank. Er selbst wusste nicht, was wir wissen. Die Metastasen seines Krebses wucherten inzwischen überall in seinem Körper. Sein Arzt sagte mir, die neuesten Befunde hätten eine Lebenserwartung von höchstens acht Monaten ergeben.

Er hat die acht Monate nicht erlebt. Oder anders: Wurden sie ihm erspart?

Es gibt keine sinnlose Lebenszeit. Und jeder nicht gelebte Tag ist ein verlorener. Man kann allerdings auch lebendig tot sein.

Ich weiß, was Bruder Martin erwartet hätte. Und das hat auch mit meiner Begleiterin zu tun.

Sie hat mir erlaubt, in diesem Rahmen offen zu reden. Sie spricht nur Italienisch und wird meine Worte dort ergänzen, wo es notwendig erscheint.

Martin spürte schon lange, dass er etwas verändern müsse, etwas Zentrales an seinem Leben. Dringend, denn wir, die wir ihm nahestanden, sahen seine Not. Er war in dem, was er lebte, nicht mehr zu Hause. Man könnte sagen: Was ihn bisher lebendig gemacht hatte, war gestorben. Niemanden ließ er an sich heran, auch nicht Francesca, seine langjährige Begleiterin. Sie hat mit ihm viele Jahre gemeinsam gearbeitet. Die Beziehung hatte sich zu einer tief empfundenen Freundschaft entwickelt. Francescas Leben ging in dieser Zeit ebenfalls in Brüche. Ihr Mann lebte inzwischen mit einer anderen Frau zusammen. Die Kinder, nahezu erwachsen, gingen aus dem Haus.

Dann kam es dazu, dass Francesca und Martin ihre Liebe zueinander entdeckten. Zumindest schien es klare Anzeichen dafür zu geben. Doch plötzlich war das innere gemeinsame Leuchten wie weggeblasen. Martin verhielt sich, als ob er Francesca nie geliebt habe und niemals lieben würde.

Die Krankheit kam. Und nun der Tod.

Als ich als engster Freund Martins Nachlass ordnete, fiel mir ein Brief in die Hände, den Martin an Francesca geschrieben, aber nie abgeschickt hat. Ich darf ihnen diesen Brief vorlesen.

Meine Liebe!

Erst wagte ich es nicht, durch unsere Liebe mein und Dein Leben zu verändern. Dann hat mich die Krankheit überfallen und verschob meinen Entschluss, Dir zumindest zu gestehen, dass ich Dich liebe. Du bist mir der wichtigste Mensch geworden. Was sollst Du aber anfangen mit einem Mann, der mit dem Tod ringt. Ich mache mich auf den Weg dorthin, wo ich glaube meine Heilung finden zu können. Und wenn ich geheilt zurückkomme, werde ich Dich fragen, ob Du mich heiraten möchtest.

Warte auf mich!

Martin

Soweit der nie abgeschickte Brief meines Freundes. Ich gestehe, einige sehr persönliche Zeilen habe ich weggelassen.

Was sollte ich mit diesem Brief nun tun?

Wenige Wochen nach Martins Tod, also noch gar nicht so lange her, traf ich Francesca in Rom und gab ihr den Brief. Sie las und saß zutiefst getroffen in ihrem Stuhl. Nachdem sie sich gefasst hatte, holte sie aus einer Lade ein Kuvert und gab es mir. Ich darf den darin befindlichen Brief in gekürzter Form verlesen:

Mein Lieber!

Ich weiß, wie schwer es ist, ein Leben zu verändern. Aber wissen sollst Du, dass mein Leben längst verändert ist. Ich werde mich in wenigen Tagen scheiden lassen. Du sollst zumindest wissen, dass Du mir der Liebste bist.

Ich will dein Leben nicht stören, es ist doch so reich, so bunt, so wertvoll.

Solltest Du Dich entscheiden, es mit mir zu wagen: Du weißt, wo Du mich findest.

Ich warte auf Dich!

Francesca

Zwei Menschen warten aufeinander. Wir beide haben uns entschlossen, Ihnen davon zu erzählen.

Warten Sie nicht zu lange, entschließen Sie sich, das Glück in die

Hand zu nehmen. Heute! Wie sagte Frankl: Die Rettung der Menschen liegt in der Liebe und kommt durch die Liebe.

Martin ist am 30. Jänner, um circa 16:00 Uhr, wahrscheinlich an einem Genickbruch, sehr schnell verstorben.

Lebe wohl mein Freund.«

Es vergehen Minuten der Stille, bevor sich eine junge, orientalisch wirkende Schönheit zu Wort meldet. Schüchtern erhebt sie sich. Sie spricht leise in Englisch:

Ihr Mann sei im Unglücksbus gesessen, weil er aus dem Iran flüchten musste. Er war Christ. Sie schildert seinen Fluchtweg und erzählt von manchen unüberwindlich scheinenden Hürden.

Lange Zeit habe sie glauben müssen, er sei tot. Sie habe sich niemals damit abfinden können. Was aus ihr nun werden sollte, wusste sie nicht, denn sie lebte lange Zeit im Untergrund Teherans. Ein Anruf des Totgeglaubten habe sie aus der Mutlosigkeit gerissen. Plötzlich gab es Hoffnung, eine trügerische Hoffnung.

Sie schweigt. Es fehlen ihr die Worte. Aber dem Mediator gelingt es, den Raum für weitere Worte zu öffnen.

An jenem verhängnisvollen Tag habe Farid sie aus der Raststätte in Ungarn angerufen. Er habe gesagt: Ziwa, das lange Warten für unsere Liebe ist vorbei. Heute werde ich meinen Asylantrag in Wien stellen und Familiennachzug beantragen. Da dein Leben in Gefahr ist, wird man rasch ermöglichen, dich hierher zu holen. Ich freue mich sehr darauf.

»Das waren Farids letzte Worte, die an mich gerichtet waren. Alles Weitere kenne ich nur aus Erzählungen. Er hat die Explosion der Bombe verhindert. Er ist im Kampf gestorben, er, der den Kampf hasste und die Musik und das Schauspiel liebte.

Der Tod meines Mannes war der Grund, warum man mir die Einreise nach Österreich ohne lange Antragsfrist für ein Visum ermöglichte. Man erlaubte mir, beim Begräbnis meines Mannes dabei zu sein. Drei Tage nach Farids Begräbnis suchte ich im Gastland um Asyl an. Ich will bleiben, wo er unter der Erde liegt. Mein Verfahren hängt in der Schwebe. Ich möchte frei sein, arbeiten, meinen Glauben ausleben und für den Staat keine Last sein. Das Ergebnis der letzten Wahlen macht mir Angst. Der Minister, der vorhin gesprochen hat, will alles gegen die sogenannte Überfremdung tun. Die Ausländer trügen Schuld am Untergang des christlichen Abendlandes. Als ich hier her flog, dachte ich: Ich bin Christin, jetzt reise ich in meine Heimat. Aber die Mehrheit der Christen sagt: Kein Platz in dieser Herberge! Du gehörst nicht hier her.«

Die beängstigende Stille wird von einem alten Österreicher gebrochen, dessen Frau im Bus gestorben ist: »Bevor sie dich abschieben Mädchen, werde ich dich heiraten.«

»Und ich fungiere als Trauzeuge.«

»Und wir werden die Hochzeitsgesellschaft abgeben.«

Noch eine junge Frau erhebt sich und geht in die Mitte des Kreises. Sie stellt sich in Englisch vor:

»Ich bin Slavica aus Belgrad. Meine Freundin ...« Sie vermag nicht weiterzusprechen, hebt ein Foto in die Höhe: »Andrijana!

Wir beide haben zusammen Medizin studiert. Andrijana war eine ausgezeichnete Studentin, vielleicht deswegen nie zufrieden mit dem Erreichten. Sie träumte von einer besseren Welt, in der wir Ärzte die wirksamsten Werkzeuge in die Hände bekommen, die es gibt, die aber für den Großteil der Regionen der Welt noch zu teuer sind. So auch für uns Serben. Das ist der Grund, warum sie in diesen Bus stieg. Die Onkologie im AKH Wien steht an der Weltspitze im Kampf gegen den Krebs. Dort wollte Andrijana forschen und arbeiten. Vielleicht wäre sie Bruder Martin begegnet. Vielleicht wäre es gelungen, die Lebenszeit des Erkrankten so weit auszudehnen, dass der Liebe mit Francesca Tage, Wochen, Monate oder sogar Jahre geschenkt worden wären. Wer weiß?

Andrijana rief mich an jenem Unglückstag aus dem Bus an, knapp vor der Grenze. Sie sagte: »Stell dir vor, wen ich kennengelernt habe: Luzifer!« Sie können sich mein Erschrecken vorstellen, aber ich kenne Andrijana, sie war für jeden Scherz bereit. Was ist los mit deinen Lateinkenntnissen, fragte sie. Lux bedeutet Licht. Ferre: tragen, bringen. Sie habe ihren Lichtbringer kennengelernt, der sei zwar ein Dummkopf, aber werde ihr die Arbeitsstelle in der Onkologie des AKHs verschaffen. Ich bin einer von diesen bösen Wirtschaftsflüchtlingen für ihn, andererseits will er unbedingt Sex mit mir und das macht den lieben Luzifer blind. Ein blinder Lichtträger. Sie hat gelacht. Sie werde den armen Luzifer an der Hand nehmen und ihn dorthin führen, wo er Gutes tun könne.

So war Andrijana. Wir haben viel gelacht.

Ich habe mich gefreut, dass es ihr gut geht, denn es ist nicht leicht, alles zu verlassen und neu zu beginnen.

Während der Rede des geschätzten Herrn Ministers vorhin, Freund des verunglückten Luzifer, ist es mir schwergefallen, still sitzenzubleiben. Wollte er uns ein Märchen erzählen?

Dann aber habe ich mich an Andrijanas Worte wenige Stunden vor ihrem Tod erinnert: Den Luzifer bei der Hand nehmen und ihn dorthin führen, wo er Gutes tun kann. Oder wenigstens keinen Schaden anrichten kann. Vielleicht ist das Andrijanas Vermächtnis.

Darum bin ich am Ende der Rede des Herrn Ministers zu ihm gegangen und habe mich freundlich vorgestellt. Ich erzählte, wie ausgiebig Andrijana und Hubert K. miteinander geredet hätten. K. sei sehr aufgewühlt und wegen seines angekündigten Rücktritts besorgt gewesen, von dem er selbst doch gar nichts gewusst habe. Andrijana hat mir am Telefon alles erzählt. Und ich erzählte dem Herrn Minister, was ich wusste. Zuletzt zeigte ich ihm noch das Foto der beiden am Busbahnhof, ganz schön verliebte Augen hatte Luzifer da. Was ich wolle, fragte mich der Herr Minister. Ich wolle nicht mehr, als den letzten Wunsch Hubert K. erfüllen. Er wollte Andrijana eine Arbeitsstelle verschaffen. Und, dass ich, Slavica, nun eben verpflichtet sei dazu, den letzten Willen meiner Freundin Andrijana zu erfüllen. Ob er mir dabei helfen wolle. Ich würde es auf mich nehmen und nach Österreich gehen und auf der Onkologie des AKHs arbeiten.

Der Herr Minister tauschte mit Helga K. einen vielsagenden Blick und versprach dann schnell alles in die Wege leiten zu wollen.

Darum werde ich bei der Schein-Hochzeit Ziwas, das ist die junge iranische Frau, die vor mir gesprochen hat und hier neben mir sitzt, besten serbischen Rakija spenden, weil wir uns von Luzifer nicht auf der Nase herumtanzen lassen.

Zum ersten Mal Gelächter und Applaus.

Restaurant Goldene Brücke, 30. Mai 2017, 12:00h
Onkel Tarik und die verschleierte Frau

Für zwölf Uhr sei ein Skype-Videochat nach Afghanistan vereinbart. Der Mediator schaltet das Notebook ein, nimmt den Beamer in Betrieb. Unter den Kontakten der Name: Onkel Tarik.

Das Bild erscheint an der Wand. Der Mediator drückt den Cursor auf das Kamerasymbol. Es dauert eine Weile. Der hektische Klingelton nervt. Dann endlich ein Bild. Man kann einen in Weiß gekleideten Mann erkennen. Gegerbte Gesichtshaut, schwarze, altmodische Brille.

»Hallo Mister Tarik!«

Das Gespräch wird auf Englisch geführt.

»Salaam aleikum!«

»Hier im Raum sind all jene versammelt, die Angehörige beim tragischen Busunfall vom 30. Jänner dieses Jahres verloren haben.

Auch ihr Neffe, Hamza, ist dabei ums Leben gekommen. Viele in Österreich sind der Meinung, er hätte sich eine schlimmere Strafe verdient. Zu Hamza und seinem Umfeld gibt es einige beunruhigende Nachrichten. Leider ist das österreichische Amt für Terrorismusbekämpfung nicht bereit, genauere Informationen freizugeben.

Sie haben mir bei unserem Vorgespräch gesagt, die Mutter Hamzas, Ellaha, sei bereit, uns all das zu erzählen, was für die Trauernden wichtig sein könnte. Ellaha scheut sich, das persönlich per Video zu tun. Daher haben wir vereinbart, dass Ellaha ihnen alles erzählt und Sie uns nacherzählen, was Ellaha zu sagen hatte.«

»Gerne will ich das tun.

Einige Worte über mich.

Ich bin der Bruder Ellahas und somit der Onkel Hamzas. Ich kenne den Jungen von Geburt an. Da ich Lehrer in der hiesigen Schule bin, habe ich Hamza auch dort genau beobachten, und wo es mir möglich war, führen können.

Hamza war kein böser Junge. Auch wenn Sie davon jetzt überzeugt sein müssen, was ich gut nachvollziehen kann. Ich würde das in Ihrer Situation ebenfalls so sehen.

Viele der islamischen Attentäter haben als Kleinkriminelle begonnen. Werden sie zu Attentätern, verändert sich ihr Verhalten kaum: Drogenverkauf, Diebstahl, Mord, Waffenschmuggel. Mit all dem hatte Hamza nichts zu tun. Er war ein anständiger Junge. Seine Umgebung war zur Hälfte gut, zur Hälfte schlecht. Obwohl man in diesem Zusammenhang über »schlecht« sehr viel mehr sagen müsste. Alle Männer der Familie haben sich dem bewaffneten Kampf gegen die Fremdherrschaft verschrieben und sind dadurch zu Tode gekommen. Sie würden sagen, ihr Kampf galt den Ungläubigen.

Nach dem Tod des ältesten Bruders Hamzas ging eine Veränderung mit ihm vor. Ich weiß woher sie kam. Ich habe die Männer gesehen, die ihn bedrängten und nach Pakistan lockten. Als er nach mehr als einem Jahr zurückkam, war er ein anderer. Das ist keine Entschuldigung für meinen Neffen. Bitte verstehen Sie mich nicht falsch.

Ich bin ein gebildeter Mann und sehe mehr als die meisten hier. Bis in die Achtzigerjahre des letzten Jahrhunderts war mein Land vom Sufismus geprägt. Erst im Krieg gegen die Sowjets entwickelte sich der Fundamentalismus. Er ist ein modernes Phänomen und hat nur Unheil über unser Land gebracht. Die Extremisten sogen aus Armut und kriegsgeschädigten Existenzen ihr Potenzial an Gewaltbereitschaft und Hass und gaben ihm Berechtigung durch fehlinterpretierte Gebote des Korans. Sie predigen ihren Willen als Allahs Gesetz. Darum muss ich Ihnen sagen, dass Ihren Ländern weitere Schreckenstaten dieser Verblendeten drohen. Sie haben nichts mit dem Islam, der die Vollendung von Gottes Wille ist, zu tun. Ich bitte Sie, die Mörder nicht mehr Islamisten zu nennen.

Es handelt sich um eine politische, kriminelle Ideologie, die den westlichen Pluralismus vernichten will.

Diese Ideologie ist dem Untergang geweiht, sobald wahre Christen, wahre Juden und Moslems sich als Kinder einer Familie begreifen: Kinder Abrahams.

Hamzas Taten sind nicht damit zu entschuldigen, dass er keine Wahl gehabt hätte. Die hatte er. Er war ein kluger und feinfühliger Mensch. Das erlittene Leid durch die Ermordung so vieler geliebter Menschen, gab kriminellen Männern Macht über ihn. Er hat sich gegen seine Mutter, gegen mich und andere entschieden, das ist es, was es uns schwer macht, ihm zu vergeben.

Mutter Ellaha sagt: Ich verurteile ihn dafür, was er vorhatte zu tun. Aber ich liebe ihn. Diese Liebe hat sie dazu bewogen, mich zu bitten, als ich ihr von Hamzas Vorhaben erzählte, im richtigen Augenblick das Böse zu verhindern. Und sei es durch den Tod Hamzas. Darum habe ich ihn, wo es möglich war, nicht aus den Augen gelassen. Ich weiß, wer den Koffer mit Sprengstoff in Pakistan präparierte. Ich beobachtete seine neuen Freunde und wusste von ihren Plänen. Mutter Ellaha sagte, nimm die Bombe aus dem Koffer. Ich antwortete: Das kann ich nicht. Aber was ich konnte, war, jemanden zu besuchen, der sich früher mit den gleichen Freunden abgegeben hatte. Er war einer ihrer Experten für Sprengstoff. Er sagte: Sie bewachen den Koffer. Sie werden ihn erst im letzten Augenblick, vielleicht erst im Ausland, Hamza übergeben. Was sie aber nicht zustande bringen, ist sein Handy lückenlos zu bewachen. Es soll als unauffälliger Funk-Fernzünder verwendet werden. Bring mir sein Handy in der Nacht vor seiner Abreise, ohne dass sie es bemerken. Eine schwierige Aufgabe, aber wir haben es geschafft. Ellaha kochte Hamzas Lieblingsessen und ich mischte etwas Opium dazu. Als sein Handy bearbeitet wurde, schlief er. Der Sprengstoffexperte veränderte das Zahlensystem geringfügig. Im normalen Betrieb sollte es funktionieren wie bisher, als Auslösegerät für die Bombe war es nicht mehr zu gebrauchen. Wenn die Freunde Hamzas das Handy nicht noch austauschten, konnte die Bombe nicht explodieren.«

Es wird unruhig im Raum: »Wer soll das glauben?«

»Wozu dieses Gerede?«

»Wollen die uns sagen, dass es keinen Schuldigen gibt?«

»Sie versuchen schönzureden, was nicht schöngeredet werden kann!«

Onkel Tarik spricht mit jemandem. Und dann sieht man eine bis zu den Fingerspitzen schwarz verschleierte Hand, die Onkel Tarik sanft zur Seite schiebt. Bis auf die Augen ist die Frau in Stoff gehüllt. Trotzdem kann man erkennen, dass sie nicht mehr jung ist. Ellaha. Sie fühlt sich nicht wohl vor der Kamera und dem Bildschirm. Ängstlich blickt sie hin und her auf die Menschen, die sie sehen kann, die sie sehen. Sie spricht Tar, und Onkel Tarik übersetzt ins Englische:

»Verzeihen Sie bitte.« Ellahas Stimme ist weich und tief. »Vielleicht hätten wir Sie nicht belästigen dürfen. Wenn ich etwas weiß, dann wie es ist, wenn man geliebte Menschen verliert.

Sie kennen meinen Sohn Hamza aus der Geschichte ihres Schmerzes. Dort ist er ein Ungeheuer, eine Bestie. Jeden Tag bitte ich meinen Gott um die Heilung der Wunden in Ihren Herzen, die diese Bestie verursacht hat.

Gleichzeitig bitte ich, dass mein Junge Hamza von den Bestien, die ihn getötet haben, losgelassen wird. Denn sie sind dort und werden dort sein, wo er jetzt ist. Ich meine jenen kleinen Jungen, der Gedichte schrieb wie Hafis und sie seiner Mutter vortrug. Ich meine Hamza, der seinen verwaisten Bruder Sami auf Händen trug und ihn mit süßem Honig zum Lachen brachte. Der, den ich geboren habe, der vor mehr als einem Jahr von mir wegging und doppeldeutig sagte: ›Sollte ich sterben, Mutter, freue dich darüber, dass ich ins Paradies eingegangen bin.‹ Man mordete mich, als er starb. Mein Sohn hat auch mir das Leben genommen.

Ich möchte Sie nicht belästigen. Nur eines:

Die österreichischen Polizisten haben die Kleidung Hamzas freigegeben. Bevor ich die Kleidung wusch, habe ich sie durchsucht. Ich spürte, dass ich etwas finden würde, eine Botschaft meines Sohnes. In der Innentasche seiner Jacke fand ich einen Zettel, handgeschrieben. Niemand dürfte ihn vor mir gefunden haben, was schon einem Wunder gleichkommt. Ein letzter Gruß an Ellaha? Ich kann nicht lesen, aber ich wusste, es ist nicht Hamzas Schrift. Jemand anderer musste die Worte geschrieben haben, für ihn vielleicht. Aber wer und warum? Sie mussten für meinen Sohn Bedeutung gehabt haben, sonst hätte er den Zettel nicht so säuberlich gefaltet aufbewahrt.

Mein Bruder Tarik half mir jemanden zu finden, der viele Sprachen versteht. Aber auch er konnte das Rätsel nicht lösen. So weiß ich bis heute nicht, was Hamza zuletzt so wichtig gewesen war. Nun hoffe ich, jemand von ihnen kann die Botschaft entschlüsseln?«

Ellaha hebt einen Zettel vom Tisch, auf dem der Computer steht. Zweimal ist das Blatt in A5-Format gefaltet. Es ist kariert. Ellaha öffnet es. Sie betrachtet erst selbst, was sie sieht, als müsse sie prüfen, ob auch nichts verschwunden sei. Dann dreht sie das Blatt um und hält es in die Kamera. Zuerst unscharf, zu nahe. Dann, zitternd, endlich lesbar.

Francesca springt auf, starrt auf das Bild an der Wand, wo überdimensional groß die Zeichen ein Viertel der Wand füllen. Sie sagt etwas in ihrer Muttersprache zu ihrem Begleiter, dem Freund Martins. Der erhebt sich langsam, konzentriert das Geschriebene prüfend: »Kein Zweifel! Martins Schrift.

Niemand außer ihm konnte seine Schrift lesen, wie oft habe ich mich darüber geärgert. Martin dachte schneller, als seine schreibende Hand folgen konnte. Darum schrieb er nur noch mit Tastaturen. Die Fülle in seinem Kopf ließ keine Zeit, um leserlich auf Papier gebracht zu werden.

Ich kann nur vermuten? … Francesca?«

Auf Francescas Gesicht, Hals und Dekolleté bilden sich rote Flecken. Ins Italienische wechselnd, bittet ihr Begleiter, zu buchstabieren:

«W – i – r – – a – l – l – e – – s – i – n – d – – F – l – ü – c – h – t – l – i – n – g – e – – i – n – – d – i – e – s – e – r – – W – e – l – t –»

Wien, 2. Juni 2017
Janis

Ach, Janis.

»Das ist meine Frau!« Ich hob Dein Foto in die Höhe, mehr vermochte ich nicht zu sagen, so nahe dem Ort, an dem Du die Reise hinaus aus dieser Welt antratst. So vieles wollte ich sagen. Darum bin ich an jenem verhängnisvollen Tag, als ich von Deiner Mutter gehört hatte, Du würdest mit dem 8-Uhr-Bus von Belgrad nach Wien fahren, nach Erdberg gekommen. Ich stand an diesem eiskalten, schrecklichen Ort unter der Autobahnbrücke, der sich protzig »Internationaler Busbahnhof« nennt und formte an den Sätzen, die ich Dir zu sagen hatte.

Es ist nicht dazu gekommen. Du bist tot. Und dieses Wort kann ich erst seit der Gedenkfeier vor drei Tagen aussprechen.

Ich fuhr am Abend nach der Feier mit dem Zug von Budapest nach Wien. Eigentlich deswegen, weil mein Flug nach Thessaloniki dort starten sollte. Aber in Wien angelangt, fuhr ich mit dem Leihauto weiter hinaus zu Deinen Eltern nach Petzenkirchen. Der kleine Ort in Niederösterreich gefällt mir in seiner Beschaulichkeit. Deine Eltern kannte ich in erster Linie aus Deinen Erzählungen, kurzen Begegnungen in Griechenland und dem Tag Deines Begräbnisses. Das Leben Deiner Eltern erlebte ich vorvorgestern anders, als ich es mir nach Deinen Beschreibungen vorstellt habe. Ja, es ist ein konservatives, bürgerliches Haus. Aber ja, ich fand auch zwei liebenswerte alte Menschen vor. Was mich mit ihnen verbindet, ist die Liebe zu Dir. Dein Vater und deine Mutter liebten Dich. Nein, sie lieben Dich.

Wir sind an Dein Grab gegangen am Friedhof des Ortes. Ein friedvoller Platz im milden Sommerlicht. Ich kann Dir darüber nichts berichten, denn ein Grieche weint nicht. Zumindest nicht, wenn jemand anderer es bemerken könnte.

Eigentlich wollte ich den auf abends verschobenen Flug antreten.

Ich konnte nicht. Ich nahm ein Zimmer in einem billigen Hotel in Wien, wusste selbst nicht, was das sollte.

Am nächsten Morgen, also vorgestern, ging ich drauflos. Ich suchte die Schauplätze Deines Lebens. Zuerst das Büro der NGO, für die Du zuletzt gearbeitet hattest. Und man bat mich, Deine Sachen mitzunehmen: Ein Schal, er duftet wunderbar nach Dir. Hausschuhe, allerlei Notizblöcke und Schreibzeug. Und der Bilderrahmen mit einem Foto, aufgenommen von unserem Schlafzimmer hinunter auf die Ägäis. All das sprach zu mir. Ich hörte, wie die Dinge zu mir sprachen, im Klang Deiner Stimme, in Deinem etwas schwerfälligen Griechisch. Ich besuchte die Privatschule, wo Du als Lehrerin gearbeitet hast. Man kam auf mich zu, weil ich auffällig lange im Gang des Gebäudes saß und die Kinder beobachtete. Was wollte der dunkelhäutige Fremde? Es gelang mir nicht, die Situation zu klären, das sah ich in den Gesichtern jener, die mich zur Rede stellten. Also verließ ich das Haus. Deine Wohnung im 13. Bezirk, nahe der Westeinfahrt. Inzwischen wohnen andere Leute hier, aber denen hat wohl das Bild in griechischen Farben gefallen, das im Glas der Wohnungstüre klebt. Ich kenne das Bild, ich weiß, dass Du es sehr geliebt hast. Deine Lieblingsorte: Der Lainzer Tiergarten, eine einzigartige Naturlandschaft am Rande der Stadt, durch die ich stundenlang streifte, und in manchen Augenblicken sah ich neben mich, auf der Suche nach Dir. Zwischen Glück und Trauer schwingend, wie ein Pendel an einer Uhr.

Zwei Tage ging das so. In diesen zwei Tagen formten sich klar und klarer die Worte, die ich Dir sagen wollte, nein, sagen musste. Du weißt, ich bin kein Mann großer Reden. Was ich zu sagen habe, erzählen meine Lieder.

Ich hätte Dich niemals im Stich lassen dürfen.

Damals vor einer Ewigkeit, beim Seminar für Flüchtlingshelfer in Athen, habe ich den Kontakt zu Dir hergestellt, weil Du die schönste Frau in weitem Umkreis warst. Ich hatte trotz der Scheidungen nichts dazugelernt: Die schönste Frau gehört mir. Mein

Glück war es, dass sich bei Dir Schönheit mit Tiefgang und Reife paarte. Je mehr ich auf meine Art um Deinen schönen Körper warb, umso mehr verstrickte ich mich in Deine Seele. Nein, nicht verstrickt habe ich mich in Dich: Unsere Fäden woben sich ineinander. Was entstanden ist? Etwas, das mein Leben, wie ich es bis dahin geführt hatte, über den Haufen warf. Aus einem fahrenden Lebemann wurde ein sesshafter Ehemann. Aus einer Heimatlosen eine Beheimatete. Du warst das Beste, was mir passieren konnte.

Dann zerbrach der Rahmen des Bildes. Griechenland stand vor der Pleite. Wir hätten zusammen unseren Weg ändern können. Es ist meine Schuld, dass dies nicht geschehen konnte. Ich riss meine Fäden aus unserem Beziehungsgeflecht. Ich zerstörte unsere Heimat, indem ich Dich verließ. Ich ließ mich in die Gosse fallen, um aller Welt meinen Schmerz, meinen Stolz zu zeigen. Und mit den Liedern meinen Protest. Ich war davon überzeugt, dass die westliche Welt, die durch die Banken gesteuerte Politik Deines Landes … dass Du mein Leben zerstört hattest. Ohne zu überlegen, ohne über meinen Tellerrand hinauszublicken, fühlte ich mich berufen, mit meinen Waffen den Kampf zu führen. Bis heute glaube ich, es war richtig, das zu tun, nur nicht ohne Dich und gegen Dich.

Als ich Dich bis nach Chios verfolgte, Dir drohte, weil du Dich um Fremde kümmertest, nicht aber um mich, Deinen Mann … Als ich die Angst vor mir in Deinen Augen sah, begann mein Weg zurück.

Zu spät! Du hattest unsere Heimat verlassen. Ich musste zurück in mein Leben als räudiger Straßenhund. Ich schrieb Lieder wie zu meiner besten Zeit, voller Leid und Zorn.

Nach einem Konzert in Athen packte mich einer der Musiker am Arm und sagte: »Ein verpfuschtes Leben, das göttliche Lieder hervorbringt, besser als ein göttliches Leben mit verpfuschten Liedern?«

Am selben Abend rief ich Dich an, betrunken, ich gebe es zu. Ich erreichte Dich in Belgrad, wie ich inzwischen weiß. Ich brachte kein Wort hervor. Ich tat das, was ich konnte, nahm meine Bouzouki und spielte eines der göttlichen Lieder: Cry Baby!

»Ich weiß nicht, wer von uns beiden mehr geweint hat, Janis?« Das habe ich gesagt. Und: »Ich würde dich so gerne sehen!« Ein zwei abwehrende Worte von Dir, dann der Abbruch des Gesprächs. In diesen Worten von Dir spürte ich, unsere Fäden suchten einander. Sie sehnten sich danach, aufs Neue ineinander verwoben zu werden.

Darum stand ich an jenem verhängnisvollen Tag in Wien Erdberg, am Busbahnhof und wartete auf Dich.

Ich musste einen Weg finden, um Dir das alles zu sagen. Ich habe es, obwohl kein Mann der Schrift, zu Papier gebracht.

Sollte ich zu kompliziert und verworren geschrieben haben, vergiss nur eines nicht:

Ich liebe Dich!

Was ich wünsche? Sei glücklich dort, wo immer Du angekommen bist.

Und warte auf mich!

Alexandros

Er verklebt das Kuvert, steckt den Brief in seine Tasche. Dann macht er sich auf den Weg hinaus aufs Land, zum Grab seiner Geliebten.

Agios Nikolaos, Chalkidike, Heute
Alexandros

Das Haus ist groß, viel zu groß für einen Menschen. Vor den geöffneten Fenstern und Türen dämpfen Fensterläden aus dunklem Olivenholz Licht und Hitze. Davor die Terrasse, fünfzig Meter über der Brandung der Ägäis. Hier oben hat er sich ein kleines Paradies eingerichtet. Hierher zieht er sich zurück, wenn er genug hat von der Welt da draußen.

Unter ihm der größere Teil des Hauses, erfüllt vom Klang zahlreicher Stimmen, nur bei genauem Hinhören zu entwirren.

Nachdem er den Brief in der Erde des Grabes seiner Frau vergraben hatte, flog er nach Thessaloniki und fuhr mit dem Bus hierher. Er schlief eine Nacht über seine Ideen. Schon am Morgen danach schmiedete er Pläne mit einem befreundeten Architekten. Es bedurfte keiner großartigen Umbauarbeiten. Eine Mauer da, eine Türe dort. Das Mobiliar musste angepasst werden.

Am längsten dauerte es, für das Bild den richtigen Platz zu finden. Das Bild, das er, als Janis aus seinem Leben verschwunden war, auf ihrer Staffelei hier in Agios Nikolaos gefunden hat. Am linken Rand ein Ölbaum in voller Lebendigkeit. Daneben, in der Mitte des Bildes, ein Ölbaum mit abgeschnittener Krone. Tot.

Als er aus Österreich zurückkam, stand das Bild immer noch auf der Staffelei im Schlafzimmer am Fenster. Oft saß er davor, rauchend, trinkend, seufzend. Dann, vor kurzer Zeit, nahm er Janis' Stifte und begann etwas, das er zuvor noch nie versucht hatte. Er zeichnete. Er zeichnete den dritten Ölbaum auf die freie rechte Seite der Leinwand. Eigentlich kopierte er zuerst den zweiten, den abgeschnittenen Baum. In der dritten Nacht setzte er frische Triebe an den Rand der Schnittfläche des Hauptstamms. Junge Triebe voller Leben. Er hatte es in einem Touristenlokal in Athen vor Jahren gesehen. Uralte, knorrige Stämme, die neu austrieben. So zeichnete er den dritten Baum.

Jetzt hängt das Bild in einem Rahmen aus Olivenholz an der weißen Wand seines Wohnzimmers.

Schon im Juli 2017 fuhr er zum ersten Mal mit der Jacht eines anderen Freundes, der seine Idee gut fand, ihn aber trotzdem für verrückt erklärte, hinüber nach Lesbos. Viele in seinem Umfeld lästerten über seine Pläne. Alexandros' alter Vater, den er einige Wochen zuvor in Thessaloniki getroffen hatte, um ihn einzuweihen, gab den Ausschlag:

»Warum nicht? Unsere Ahnen sind über das Meer gekommen, mit nichts in der Hand geflohen nach der Vernichtung ihrer Welt. So schließt sich der Kreis.«

Die Ersten, die er retten konnte, fand er in der Meerenge zwischen Ayvacik in der Türkei und Skala Sikamineas auf Lesbos. Neun Seemeilen liegen zwischen diesen beiden Orten. Den Migranten droht, falls sie ankommen sollten, die sofortige Einlieferung ins größte Flüchtlingslager Europas: Moria. Ausgelegt für dreitausend, ist das Lager längst mit der vielfachen Zahl von Menschen belegt. Und täglich werden sie mehr. Die meisten von ihnen sind Afghanen. Unglaubliche Verhältnisse herrschen hier. Ein weiterer Albtraum von Elend und Gewalt für alle Ankommenden.

Alexandros und sein Freund, der Schiffseigner, müssen achtgeben, denn die Küstenwache ist ständig unterwegs. Außerdem ist nicht jedes Flüchtlingsboot ein Ziel: Es muss ein Boot in Seenot sein, eines das die griechische Küste nicht erreichen kann. Und die Zahl der Menschen darf nicht zu groß sein.

Beim ersten Mal ging alles schnell. Fünfzehn Frauen, Kinder, vor allem Männer. Mittags am folgenden Tag erreichten sie bei ruhigem Seegang Neos Marmaras auf Sithonia. Man fuhr mit Pick-ups die zehn Kilometer nach Agios Nikolaos. Im Haus war alles vorbereitet.

Seitdem geht das so, in Abständen von zwei, drei Wochen ist das Haus soweit wieder leer, dass eine neue Fahrt möglich ist. Es gab Schwierigkeiten. Nachbarn protestierten, drohten mit der Polizei.

Aber letztlich wurde alles geregelt. Inzwischen ist den meisten recht, was Alexandros tut.

Er hat eine neue CD aufgenommen. Er benannte sie »Ankunft«. Lieder von den Pontos, den vertriebenen Griechen der Schwarzmeerküste. Als Gegenstück dazu: Lieder der Vertriebenen von heute. Sein Publikum hatte ihn nicht vergessen. Er begann Konzerte zu spielen und stand bald auf großen Bühnen. Das Fernsehen brachte seine Lieder in die Welt. Alle Einnahmen flossen in sein neues Leben, seine neue Aufgabe.

Die Idee dazu war ihm während der Feier für die Verstorbenen gekommen. Er musste Janis' Ideen, ihre Ziele, ihre Sehnsüchte in die Tat umsetzen. Er musste. Und der Satz auf dem Zettel, den Mutter Ellaha in der Jacke ihres toten Sohnes, des verhinderten Terroristen, der ein Dichter war … Dieser Satz lässt ihn nicht los. Lange hat er erfolglos versucht, einen Liedtext rund um diesen Satz zu schreiben. Die Melodie kam schnell, wie ein schaukelndes Boot.

Heute hat er die letzten Textzeilen schreiben können.

Er geht hinaus auf die Terrasse. Unter ihm das Rauschen der Ägäis, gleichmütig. Er setzt sich, nimmt die Bouzouki zur Hand und beginnt zu spielen. Seine raue Stimme, wie zerfressenes Leder:

»… Wer es nicht weiß, verschläft sein Leben,
Wir alle kommen über ein unbekanntes Meer,
Und gehen fort an fremde Ufer …«

Nachwort des Autors:

Die eigene Betroffenheit bemerkt man, wenn man mit denen spricht, die aus schrecklichen Gründen alles, was ihnen Heimat bedeutete, verlassen mussten. Ich bedanke mich bei denen, die mir ihre persönliche Fluchtgeschichte erzählten. Zu ihrem Schutz nenne ich keine Namen. Sie kommen aus dem Iran, aus Afghanistan, aus Serbien, Italien und Österreich. Jeder von uns hat seine persönliche Fluchtgeschichte, ob man sich ihr stellst oder nicht.
Wovor Sind Sie auf der Flucht?
Ich bin dabei, meine Fluchtgeschichten zu entschlüsseln. Und ich bin dankbar, dass sie nicht das Potenzial besitzen, die zentralen Ebenen meines Lebens zu zerstören. Ich habe die Wahl für Entscheidungen.

Anders die Ärmsten der Armen. Wenn sie uns begegnen, dann sind es diejenigen, die wenigstens ihr Leben behalten durften. Vielen wurde es genommen. Jene, die es bis in die Aufmerksamkeit der Öffentlichkeit geschafft haben, kommen – so wie unsere Urgroßeltern im Ersten Weltkrieg, unsere Großeltern im Zweiten Weltkrieg – mit nichts außer ihrem Leben.

Der Verein ›Grenzenlose Hilfe Kremsmünster‹ (http://www.grenzenlosehilfe-kremsmuenster.at) macht, was wir alle tun sollten: von dem Vielen etwas geben, um das Nichts zu mildern. Wir haben zu geben, etwas von dem, was wir als unseren Besitz benennen. Denen, die aus Syrien oder wer weiß woher kommen, steht ihr Ende hautnahe gegenüber. Unser Ende ist zu weit weg, um erkennen zu können, dass nichts in dieser Welt Besitz ist. Geschenke, ja. Diese Geschenke gilt es zu teilen. Schnell und überraschend könnte der Moment kommen, wo einem alles genommen wird.
Davon erzählt dieses Buch. Darüber hören Sie, wenn Sie Brigitte Holzingers Autobiografie lesen: Photismos – Von der glühenden FPÖ Anhängerin zur Flüchtlingsmama, hier im Verlag erhältlich.
Religionen, Philosophien, Denker und Weise finden sich konzent-

riert in einem Satz, den alle vertreten: Liebe deinen Nächsten wie dich selbst. Und das ist kein Gebot, keine Last, sondern Weisheit, wenn du auf der Suche nach deiner Heimat bist. Ich wünsche uns, dass wir ankommen. Lassen wir einen zurück, zerstören wir damit unsere gemeinsame Heimat, die präsent ist in allen Formen der Liebe.
Dietmar Gnedt

Nachwort von Cornelius Obonya

Was kann Fiktion? Was zeigt uns eine Realität? Zwei Bücher, das eine erzählt eine reale Geschichte, das andere eine fiktive Geschichte. Welche hat die andere inspiriert? Hat sie das überhaupt? Vielleicht nicht, vielleicht schon. Das ist eigentlich nicht interessant. Interessant ist vielmehr, dass beide Geschichten, wie fast alle unsere Geschichten, von Menschen erzählen. Menschen, die etwas erleben, erlebt haben. Durch diese Geschichten werden wieder andere Menschen inspiriert eigene Geschichten zu erzählen, zu erleben, vielleicht aufzuschreiben, wie hier geschehen. Die, die Geschichten empfangen als Leser, als Hörer, wie auch immer, empfinden sie unterschiedlich, sie gefallen oder nicht, sie reißen mit oder nicht, nicht alle gleich, nicht alle unbedingt. Aber etwas bleibt vielleicht hängen, bleibt im Eigenen haften und dadurch kann der- oder diejenige selbst Neues sehen, erkennen und vielleicht die eigenen Geschichten ändern, neue erzählen, alte anders erzählen. Das ist hier geschehen. Das kann auch Ihnen, liebe Leserin, lieber Leser, im besten Fall geschehen.

Zwei Bücher. Das eine Fiktion, das andere autobiographisch. Beide kreisen um dasselbe Thema: Flüchtlinge. Brigitte beschreibt ihr Leben. Dietmar Gnedt ist ein Geschichtenerzähler am Lagerfeuer. Was am Ende der Fiktion des Autors Dietmar Gnedt geschieht – Alexandros wird aktiv für die Ärmsten der Armen –, das können auch Sie tun, lieber Leser. Sie haben schon begonnen damit: durch den Kauf dieses Buches. Ein Teil des Erlöses geht direkt an

GRENZENLOSE HILFE KREMSMÜNSTER.

Sie müssen nicht hinunter zu den griechischen Inseln oder über die Grenze nach Bosnien zu den obdachlosen Flüchtlingen. Sie können spenden:

Grenzenlose Hilfe Kremsmünster
Sparkasse OÖ
IBAN AT 06 2032 0321 0055 6659

Dietmar Gnedt

Geb. 13.6.1957, Schriftsteller, Bibliothekar und Sozialpädagoge
Lebt in Petzenkirchen (NÖ) und Belgrad (SR).
Zahlreiche Veröffentlichungen, unter anderem 8 Romane. Übersetzungen ins Italienische, Serbische und Slowenische. Ausgezeichnet durch diverse Preise und Stipendien. Bühnenprojekte, länderübergreifende Schulprojekte und Lesungen in Österreich, Italien und Deutschland. Texte für Sendungen verschiedener Rundfunkanstalten. Rezensionen in unterschiedlichen Zeitungen und Zeitschriften.
www.gnedt.net